JE SUIS LE FILS DE MA PEINE

THOMAS SANDS
JE SUIS LE FILS DE MA PEINE

EQUINOX
les arènes

À la mémoire de ce père que je craignais.
Que j'ai aimé. Cependant.

Et ta blessure, où est-elle ? Je me demande où réside,
où se cache la blessure secrète où tout homme
court se réfugier si l'on attente à son orgueil,
quand on le blesse ? Cette blessure – qui deviendra aussi
le for intérieur – c'est elle qu'il va gonfler, emplir.
Tout homme sait la rejoindre, au point
de devenir cette blessure elle-même,
une sorte de cœur secret et douloureux.

Jean Genet

Alors, il faudrait que je renaisse,
que je mue – mais pour devenir qui, pour devenir quoi ?

Imre Kertész

1.

C'est l'été de mes 40 ans que j'ai voulu apprendre l'arabe et que mon père est mort. Dix-huit mois après l'apparition des premiers symptômes d'Alzheimer, il avait cessé de s'exprimer en français. Il ne parlait plus qu'en arabe. J'ignorais tout de l'enfance de mon père, de sa famille, de son pays d'origine. Je savais seulement qu'il avait rejoint la France au début des années 1960. L'arabe était interdit à la maison. Ma mère était française, mon prénom était français, et l'Algérie, bannie de toutes les conversations. Je l'avais aimé, je l'avais craint, je l'avais haï dans une langue qui n'était pas la sienne. C'est pour cette raison peut-être que l'on ne s'est jamais compris lui et moi.

Nous étions restés longtemps sans nous voir. Lorsqu'il avait été hospitalisé pour la première fois, je n'étais pas allé lui rendre visite. Sept ou huit semaines plus tard, ma mère m'avait appelé. Sa voix me parvenait affaiblie. Elle décrivait l'état de mon père. Le myélome qui le rongeait aussi désormais. Insistait pour que je vienne.

J'avais cédé. Je n'ai jamais rien pu lui refuser. C'est elle qui m'a incité à poursuivre mes études, à rejoindre les bancs de la faculté de droit après ma licence de philo, puis à intégrer les rangs de la police. Elle savait la violence qui tremblait en moi, et comme j'avais besoin d'un ordre pour la canaliser.

– Tu dois faire la paix avec lui pour faire la paix avec toi. Tu t'en voudras sinon, quand il sera trop tard.

C'est ce que ma mère avait dit. Alors je suis rentré dans la maison froide de mon enfance.

Il m'attendait, l'air égaré. Une infirmière avait remonté l'oreiller derrière sa nuque. Il lui restait moins de quatre mois, et il parlait français pour quelques semaines encore. Je lui apportais à manger chaque jour. À la fin de mon service, je courais chez un traiteur et me précipitais à l'hôpital pour le nourrir. Il avait tant maigri que ses mâchoires étaient incapables de retenir son dentier. Il restait quelques chicots à son sourire débile. Un jour, entre deux bouchées, il m'avait parlé de sa douche du matin avec l'infirmière, de la diarrhée incontrôlable qui l'avait saisi.

– Si tu savais, mon fils, comme j'ai eu honte...

J'essuyais la bave et le riz au lait qui coulaient sur son menton, cela me répugnait et cependant j'aimais cela. Je me disais que cela me manquerait. Je n'oubliais rien. L'enfance, l'usine, le garage, les coups.

Ainsi, je me retrouvais plus près de lui que je ne l'avais jamais été. Une vie avait passé. Il ne pouvait plus se lever, alors je le prenais dans mes bras. Le soulevais doucement. Il ne pesait rien sous la chemise qui le laissait à demi nu. Je voyais ses côtes sous la peau abîmée. Je le portais jusqu'à la fenêtre. C'était un bel automne, et il faisait beau dehors. Cette lumière tissée, les rayons du soleil au milieu des feuilles. Le jour blessait ses yeux. Je tirais le rideau sur la chambre, sur sa jeunesse et ma jeunesse. Nous allions jusqu'à la salle de bains. Il demeurait immobile entre mes bras, pareil à un enfant bien trop sage. J'aurais voulu le bercer, je n'osais pas, je me taisais. J'embrassais seulement son front. Il était brûlant de fièvre. Sa sueur avait l'odeur des médicaments. Il puait la mort qui vient. Une fois, il m'a dit en touchant sa poitrine :

– Même quand tu es parti, tu restais là, fils, je pensais à toi chaque jour, tu sais.

Il me regardait avec une sorte de chaleur, d'amour. J'avais envie de l'égorger.

Aujourd'hui, malgré les années, je porte encore la trace de ses coups. J'ignore pourquoi les blessures de l'enfance sont si vives en chacun de nous. Je suis marqué, et pourtant j'aimerais qu'il reste quelque chose de lui. Quelque chose de bon.

Je me souviens qu'il avait placé sa carabine .22 Long Rifle dans l'armoire de ma chambre, parmi mes vêtements et les quelques jouets que j'avais sauvés de ses razzias régulières. L'arme était chargée, je m'initiais à l'insomnie, à repérer chaque battement, chaque froissement d'air dans l'obscurité – les nouveaux murmures de la nuit.

Alors, peut-on aimer son père, et pas ce qu'il est ? Un jour que j'étais à son chevet, je lui ai demandé s'il avait des regrets.

– Non, pourquoi ? Et à quoi ça sert…

Je crois que ce furent les derniers mots que mon père a prononcés en français. Le lendemain, il s'adressait à moi en arabe, et je cessai de le comprendre tout à fait. Je ne pourrai plus l'atteindre désormais. Les médecins m'ont dit que cela arrivait parfois, très rarement. L'un d'eux, le Dr Driss Chahine, est revenu vers moi alors que je m'apprêtais à partir.

– Si vous voulez, je peux traduire pour vous…

J'ai refusé son aide. De même que je n'ai pas osé demander à un interprète de venir voir mon père. De l'écouter et de transcrire. Je ne voulais pas qu'on le voie ainsi, désorienté, démuni. Et puis j'avais honte, oui, de ne rien connaître à la langue de mon père. De ne rien savoir de son histoire.

Alors j'ai eu l'idée de l'enregistrer. De sauvegarder les fichiers sur mon ordinateur. D'en réaliser chaque fois plusieurs copies. Ils demeuraient là, dans cet « entre-deux-mondes » dont j'éprouvais chaque jour l'absence de limites et de frontières.

En jachère. Certains soirs, je repassais les enregistrements de ses derniers moments. Sans rien comprendre. Afin d'entendre sa voix.

2.

J'aperçois la chevelure sombre déployée sur les épaules. Les mèches brunes tachées de boue à la base du crâne, retenues en chignon par un caillot de sang. Je passe des gants de latex, repousse la masse de cheveux. Peu à peu, le visage apparaît. Intact, très pâle. Le profil d'abord, le front haut, le nez à peine busqué, les pommettes, leur éclat mat sous le faisceau des Maglite. Les longs cils, très noirs. Pas de maquillage, une peau nue. Enfin, la bouche, les lèvres charnues, à peine entrouvertes. Vue ainsi, on aurait pu la croire endormie. Mais je sais depuis longtemps que la mort épargne souvent un fragment de visage. Elle y laisse même flotter un sentiment de paix avant de délivrer son message. Le rapt et la souffrance. La peur et la nuit.

Je ne me fais aucune illusion. Je sais ce qui m'attend. Pourtant, je me relève et mes hommes reculent d'un même mouvement. Une voix dans le noir :

– Quelque chose qui ne va pas, Capitaine ?

Je garde le silence, observe le corps à mes pieds, sa position. Une mise en scène peut-être, mais alors rapide, improvisée, comme un regret soudain.

Secoué par les ornières, un fourgon approche, se gare à quelques mètres. Un claquement sec. Le projecteur s'allume, le faisceau se déploie, balaie les flics rassemblés autour du cadavre. Puis se fixe sur le corps.

Je reste immobile. Frappé par la beauté de cette jeune fille, avec la merde tout autour, les flaques, les plaques de béton, les barres de fer, les palettes abandonnées qui pourrissent sous la pluie, les briques et les gravats. Des blocs d'ombre dans la nuit. La grue où s'accrochent les nuages, semblable à une tour de guet. Inutile. L'immeuble qui sort de terre. Les cloisons inachevées, les fenêtres béantes, les portes condamnées par des bâches de plastique bleuté qui claquent sous le vent. Dans six mois, des bourgeois, des touristes vivront là. Les putes, les dealers changeront de quartier, gagneront d'autres chantiers, d'autres boulevards. Mais la violence, la solitude, la misère intime, je peux l'entendre.

Alors, une fois de plus, au-dessus d'un corps sans vie, j'écoute. J'oublie les collègues. Le premier témoin – celui qui a découvert la victime et qu'un stagiaire tente de réconforter dans la voiture. J'oublie les gyrophares. J'oublie le photographe de la scientifique, les flashes, et je la regarde, elle, et elle seulement. Je perçois la rumeur de la ville aussi. Toutes les deux, la gamine et la ville, elles ont une histoire à raconter. Alors je l'écoute. Mon travail, ce n'est rien d'autre : recueillir des histoires, les mettre en ordre. Puis les restituer.

Je me laisse happer par la pâleur, l'apparente douceur de ce seul profil offert aux regards. La position du visage, précise. Cette figure de femme, achevée probablement d'un coup de pierre à la nuque, alors qu'elle se vidait déjà de son sang. Puis reposée délicatement, recoiffée même, dissimulée derrière sa chevelure, comme on tire le rideau sur la dernière scène du dernier acte. La longue veste de coton déployée en corolle, le foulard remis en place, desserré après la strangulation, le coup de lame.

Je retourne au visage, songe au meurtrier. Je le vois frapper, frapper encore, sa rage sourde. Le besoin de faire mal, de détruire, un voile devant les yeux, la sueur, la colère, le sang. Rompre le dernier lien et franchir la ligne. Elle agonise, il est presque serein. Il la voit partir. Son dernier souffle, son dernier regard seront pour lui. Voilà, elle est morte, il revient au monde. Le vent redouble sur le chantier, soulève la jupe de la fille, les pans de sa veste, l'orage a passé. Dans l'obscurité, elle semble le regarder toujours. Qu'éprouve-t-il alors ? Il voit comme elle est bandante, malgré les coups et tout le reste. Ce n'est pas fini. Il possède encore ce pouvoir : la préserver des regards, lui rendre justice une dernière fois. Comme si rien ne s'était passé. Alors il la retourne, la soustrait par avance aux torches électriques qui viendront bientôt la fouiller après lui. Mieux que lui. Pire que lui. Là, elle sera vraiment nue, ouverte, soumise.

Il rajuste vaguement ses vêtements, tire la veste sur ses épaules, sa taille, ses jambes, desserre un peu le foulard de soie, replace une mèche sur son visage. Maintenant on dirait qu'elle dort. Presque une enfant. Sans rêves désormais. Il contemple la scène, son œuvre. Puis s'éloigne calmement.

Je prends une inspiration profonde, puis saisis ses bras et l'attire doucement vers moi. L'espace d'un instant, l'ombre de ses épaules la préserve encore. Enfin, je vois. Les fringues lacérées, les mouvements de la lame sur l'étoffe, qui accrochent la peau. La jupe en lambeaux, la culotte baissée sur les genoux. Les coups sur l'autre partie du visage. La pommette éclatée, l'œil ouvert malgré tout. Paupière collée à l'arcade par le sang, cils englués. L'iris et la pupille très noirs, où la nuit semble glisser. Une plaie à la carotide coagule déjà. Les contours de la blessure saisis par le froid – cicatrice bleutée. Des traces d'hématome sur la poitrine, une morsure au sein, l'aréole à moitié arrachée. Une plaie par lame au flanc droit. La toison pubienne qui a fait barrage, retenant le sang qui s'est écoulé d'elle. Derrière moi, un jeune lieutenant se détourne. Je l'entends gerber un peu plus loin. Un gardien de la paix ricane.

– Ta gueule !

Il la ferme enfin. Je n'ai pas bougé, accroupi devant la fille, la tenant encore aux épaules. Je fais face à cet œil ouvert, fixé sur moi. Ce n'est pas une jeune femme qui regarde un flic. D'ailleurs, soudain, je ne la vois plus vraiment. C'est la mort qui passe, et que je salue.

3.

À la mort de mon père, j'ai éprouvé une joie mauvaise. Nous étions quittes lui et moi. J'étais vivant, vainqueur en quelque sorte. Notre histoire m'appartenait à présent. Je pourrais la brûler, la salir même si j'en éprouvais le besoin. Colère et revanche. Vengeance aussi. Tout le pouvoir, toute la violence me revenaient enfin. J'apprenais une forme singulière de liberté. D'ailleurs, j'avais toujours pensé que la mort de mon père serait une libération. Je n'imaginais pas qu'elle emprunterait ce chemin – et qu'elle me mènerait au chagrin.

– Ne garde que les bons moments, avait demandé ma mère.

Mais c'était alors réduire au silence et condamner à l'oubli les douleurs, le chagrin, la souffrance de celui qui a connu, subi, enduré les pires moments. Toutes traces effacées. Qu'ils n'existent plus. Et de cela, je suis incapable. Je ne veux rien oublier. Rien pardonner.

Si mon père n'était plus là, j'avais de la mémoire pour nous deux. La sienne m'étoufferait bientôt.

L'ébauche de la peine est venue plus tard, avec celle, bien réelle, de mes enfants. Ils aimaient leur grand-père, et il les aimait aussi. L'affection, la douceur même avaient sauté une génération. Il m'était arrivé d'en être jaloux. Quand je le regardais jouer avec mes fils, prendre le temps d'une partie de foot, partager une heure entière autour d'un circuit électrique, les emmener en promenade et que je les voyais revenir les joues rougies par le vent et un large sourire aux lèvres, je me retrouvais incapable d'être ravi pour eux. Parmi tout ce qu'abandonne dans son sillage la violence d'un père, il y a cela aussi : la médiocrité des fils, leur bassesse parfois. Ainsi, lorsque nous rentrions à la maison, je punissais mes garçons au moindre prétexte. Je leur en voulais d'avoir été heureux avec ce salaud.

En engueulant mes fils, je me rappelais soudain les rares échappées en compagnie de mon père, lorsqu'il consentait à m'emmener avec lui. Je me souvenais de ces quelques dimanches, toujours en hiver, où nous allions au bois de Verrières-le-Buisson. Il me laissait courir et marchait en retrait. Son ombre à mes trousses. Je devais inventer mes propres jeux, car il ne jouait pas avec moi. J'allais d'arbre en arbre, escaladais les rochers posés sur les sentiers, taillais une arme dans un morceau d'écorce. Un pistolet, deux couteaux. Surtout des couteaux. Je guettais des adversaires et me jetais sur eux en hurlant. Bientôt, ils gisaient au sol. Je m'acharnais sur ces dépouilles, les lardais de coups de lame, leur tranchais la gorge, étouffais les cris. Ce fauve en moi, je l'abrite depuis toujours. Je filais entre les troncs, me dissimulais sous les branches. Puis je reprenais ma course, me lançais dans la bataille. Quand je tombais, un pied retenu par des racines, mon père me relevait et me gardait un moment, ses poings serrés retenant mes bras, ses yeux durs plantés dans les miens. Alors, je me calmais d'un coup.

Je me souviens de son odeur. De la sueur et des Camel sans filtre. De son large manteau – gris ou noir, je ne sais plus, à gros chevrons maladroits – froissé par les trajets en bus, en train. Du regard enfoncé loin au creux des orbites, de l'éclat très vert qui brillait là. Je me rappelle ses joues mal rasées, les rides sur son visage, le pli à sa bouche. C'est un homme déjà marqué, car je suis un enfant tardif. Par instants, une grande dureté émane de ses traits. Il porte la violence avec lui, je le connais mieux que personne. J'ai 7 ou 8 ans, et je ne l'aime déjà plus. Je le crains. Je ne suis pas élevé, il me dresse. Quand nous rentrons de nos promenades, je prends sa main. Je sens sa colère, sa violence à peine retenues. Elles m'effraient. Je les garde en moi. Je ne l'aime déjà plus, non, mais je voudrais le sauver.

Évidemment, je n'y suis pas parvenu. Mais la colère, la violence de mon père ont infusé en moi. Irriguant peu à peu chacune de mes pensées, chacun de mes nerfs, de mes muscles, même de mes sentiments. J'ai si mal aimé mes garçons. Incapable souvent de me contenir devant eux.

Je me souviens aussi de mes débordements. D'un canapé qui vole à travers le salon, d'une table renversée sur laquelle dessine mon fils aîné, parce que je le trouve indifférent à la disparition de notre chien. Indifférent à mon inquiétude, à ma douleur, à ma terreur de l'abandon. Je me souviens de ce repas, un dimanche ordinaire où mes parents étaient venus déjeuner. Cette pantomime. Chaque geste comme découpé, fragmenté devant mes yeux, les lèvres, les sourires, les visages déformés, diffractés, jetés en désordre dans une sorte de vortex. Je me rappelle cette sensation qui montait en moi en dévisageant mes parents. La faiblesse de ma mère, sa soumission. La folie de mon père. Son mutisme insondable. Leur secret. Je les regardais et je mesurais ce à quoi ils nous condamnaient, mes fils et moi. Être de ce sang, de cette lignée, de ce silence. Leur présence à ma table, dans ma maison, ouvrait un territoire que je me sentais incapable de maîtriser. La possibilité de perdre pied devant mes deux garçons. J'y voyais la main de mon père. Il était de ces hommes qui savent jouer aux gens. Je le ressentais comme une humiliation nouvelle. Alors, soulevé par la colère, la rage, je renversai la table, tirai la nappe. Les chaises à travers la pièce. Lampes brisées, cendriers et bouteilles renversés, des cris, des menaces. Je perdais le contrôle. Le vin, le soda répandus sur les murs, les tapis dégueulasses. Mes enfants… réfugiés dans leur chambre.

Mes parents n'avaient pas bougé. Assis à leur place. Ma mère pleurait sans bruit. Mon père me dévisagea longuement. Sur ses lèvres, le sourire du vainqueur. La honte était pour moi. J'ébranlais le frêle équilibre d'une famille que je m'étais mis en tête de sauver. Puisque je m'étais assigné le devoir de rassembler mes parents, de protéger ma mère. De faire rempart. La fragilité de ma mère – moi seul l'avais ressentie, la mesurais vraiment. La rapprocher du monde des vivants, l'éloigner de la violence de mon père… Telle aura été ma mission première. Alors que je ramassais les restes du repas, les éclats de verre, je surpris le regard de ma mère sur moi. Une telle intensité, un tel désespoir, une telle inquiétude que j'en fus ébranlé. Je compris qu'une partie de ma vie s'éteindrait bientôt. Je choisirais de l'achever dans la violence, comme on exécute une bête afin d'abréger ses souffrances.

Mon père n'esquissa pas un mouvement. Toujours à table, à sa place, il dominait la situation. Je me demandai alors ce qui avait bien pu arriver à cet homme. De quelle façon il avait pu se laisser envahir par le froid, la haine. Comment avait-il pu soumettre sa famille, battre son fils, le réduire peu à peu, inexorablement ? Je me demandai, oui, ce qui avait bien pu lui arriver. Ce qui nous advient à tous, nous submerge, nous durcit. Parfois nous transforme en bourreaux, prédateurs, âmes souillées, affaiblies pour longtemps. Quel est cet élan qui nous pousse à nous fouler ainsi aux pieds ? À lacérer ceux que nous aimons le plus ?

Je revois mes fils quand je leur ai appris la nouvelle, leurs larmes et les sanglots qui soulevaient leurs épaules. Je ne suis pas allé aux obsèques de mon père. J'y ai laissé seuls ma mère, mes garçons. Et mon père, avait-il pu seulement enterrer ses parents ? C'est là que j'ai compris. La disparition n'annule pas la présence.

4.

Je me relève lentement, sans lâcher la dépouille des yeux. Le procureur est arrivé. Je lui donne les infos nécessaires. Puis je m'éloigne enfin, rejoins ma voiture sans éviter les flaques. Des hommes me saluent, auxquels je ne réponds pas. Je démarre trop vivement, accélère d'un coup sec, abandonne une gerbe d'eau dégueulasse dans mon sillage. Je disparais, je prends la fuite. Pour freiner dix bornes plus loin sur la bande d'arrêt d'urgence du périph. Je pose mon gyrophare sur le toit, l'enclenche. Qu'on me foute la paix. Le signal rouge d'une grue clignote, dérape sur le pare-brise, flotte à peine dans l'habitacle. Tout autour, des immeubles en construction, des tours, bureaux inoccupés, ouverts à tous les vents. Je fouille dans la boîte à gants, en rapporte une bouteille de vingt-cinq centilitres. JB ou Jack, je m'en cogne. Je prends ce qu'il y a aux supérettes de hasard. Cette sueur glacée aux tempes, qui glisse le long de l'échine. Je dévisse le bouchon, porte le flacon à mes lèvres. J'ai ce sale sourire dans le rétroviseur. Mauvais musulman.

Je revois le corps de la fille, les reflets bleus sur la peau durcie, le sein presque arraché. Le jour est encore loin, la ville dort. Mais c'est toujours du même sommeil, et ce sont toujours les mêmes cauchemars. Combien sommes-nous à les connaître ? Les flics, les vigies aux urgences, et les voyous, les racailles, les salauds. Je prends une nouvelle rasade. Mauvais musulman, je m'en branle. L'alcool, le feu dans la poitrine et qui descend jusqu'au ventre, un soleil blanc qui brûle. J'aime cette douleur. Je pense à mes hommes, soldats défaits sur la ligne de front. Leur combat est perdu d'avance, comme le mien, ils le savent aussi. Je songe aux gamins dans les bosquets, sous les ponts du périph, qui guettent le jour, attendent le petit matin, les embouteillages pour se glisser dans la remorque d'un camion, entre ses essieux parfois. Au bout de la route, ils trouveront Calais, l'Angleterre, la noyade. S'inventer un avenir, un destin. Ils viennent de trop loin. Leurs semelles sont usées jusqu'à la corde. Ils se réchauffent près de braseros de fortune, puis les étouffent vite avec le couvercle d'une poubelle, de peur d'être repérés par une patrouille. Ces nomades aux aguets, ces exilés sur les nerfs. Ils patientent depuis des jours. Certains se placent à l'écart, leurs yeux brillent dans l'obscurité. Une veine à leur tempe, les mâchoires verrouillées. Pareils à des mouvements empêchés, retenus de force, torsions, tensions, blocs sombres sculptés à même la nuit. Ils ont l'air d'enfants apeurés, violents, auxquels on offre une seconde chance.

Cependant, très vite, l'inquiétude gagne à nouveau les regards, cerne d'ombre leurs yeux brûlants. Quelques-uns se prennent en photo avec des liasses de billets volés à l'arraché pour montrer à ceux qui sont restés comme la vie est facile ici. J'ai beau me dire que c'est pour eux aussi que j'ai voulu devenir flic, sans même savoir qu'ils existaient, qu'ils venaient de la même rive que mon père... Être flic pour les protéger, oui. Afin d'être utile. Puisque je ne me sentais pas légitime pour quoi que ce soit. Puisque aux yeux de mon père j'étais un bon à rien. Je sais bien que sans l'amour de ma mère, sa tendresse, j'aurais tourné voyou. Emporté par le sentiment d'injustice qui m'étreignait chaque jour, m'étouffait, m'entraînait vers la colère, la violence. Exilé. Comme eux. Des mômes, des étudiants, des va-nu-pieds, des lettrés, des ignorants. Prêts à cueillir des oranges en Espagne, du raisin en Italie, à faire la plonge ou à ramasser des poubelles en France. Leur Graal à deux balles. Ils se feront humilier, ici comme là-bas, mais ils préfèrent l'être ici plutôt que chez eux. C'est toujours la même histoire, l'écartèlement, les battements dissociés du cœur. Entre deux mondes, deux langues, deux appels. Je les comprends.

Moi aussi, j'y ai pensé, puis j'ai renoncé. C'est ma ville ici. Mes enfants dorment à quelques kilomètres. Je pourrais passer à l'aube, les embrasser, saisir un instant leur parfum. La vie est là. Je n'y crois pas. Certains soirs, je ne veux même plus rentrer à la maison. Je suis incapable d'être leur père. Je préfère retourner aux images de l'inconnue dans la boue. Je range le flacon, mets le contact, enclenche la première et la sirène en même temps.

Le jour se refuse, les néons bourdonnent dans le couloir du central. La rumeur intranquille. Un type refuse qu'on l'emmène, ses cris. La voix d'une femme, une espèce de plainte. Elle réclame le corps de son frère. Assis à mon bureau, je joue avec mon briquet. J'en fais claquer le capot d'un mouvement sec. Le bruit mat et répété m'apaise. La surface en acier renvoie une image morcelée de ma gueule. Cheveux coupés court, reflets gris. Nez busqué, joues creusées par les nuits brûlées dans la rue. Un œil marron avec des éclats plus clairs, presque verts, comme mon connard de père. Un fragment de menton, une cicatrice à la pommette. Comme je hais les miroirs, je referme le briquet, le plonge dans ma veste. Je pose bien à plat mes mains sur le maroquin de Skaï grenat, lacéré, taché. Encre, café, brûlures de clopes mal éteintes – du temps où l'on pouvait encore fumer chez soi.

Je ne sais pas si je vis là les moments que je préfère – juste avant de me mettre en action, juste avant de commencer l'enquête – ou ceux que je déteste par-dessus tout, ces minutes, ces heures d'impuissance, quand un tueur est lancé dans la ville et que je ne sais rien de lui. Un grand calme m'envahit. J'écoute simplement le sang battre dans mes veines, et je ferme les yeux.

Les cheveux arrachés, les vêtements lacérés de l'inconnue sur le chantier. La nuit derrière moi, derrière la vitre en verre dépoli où s'éparpille l'éclat des gyrophares. Il y a une femme assassinée que l'on emporte pour l'autopsie et un meurtrier semblable à un atome sur sa trajectoire qui attend la prochaine collision, la prochaine rencontre. Il y a la fatigue, ce coup de lame au creux des reins. Quelque chose me rive encore à mon fauteuil. La crainte de ce qui m'attend dehors. Partir à la rencontre de la victime, apprendre son supplice par cœur, revoir les images du corps, sa position, les chairs livides sous le projecteur, le sang… Et puis comprendre, essayer du moins. Car c'est toujours la même histoire, une affaire de biographie… Celle de la morte, à laquelle il faut redonner vie. Celle du tueur aussi, pour le cerner. Chaque fois devenir l'un et l'autre. Adopter leurs habitudes, leurs vices, leurs moments de grâce. Forces et faiblesses, dignité, trahisons. Et s'en vouloir aussi, de n'avoir pu la sauver. Pourtant, je le sais depuis longtemps. On ne sauve pas, jamais.

La sonnerie soudaine du téléphone. Je décroche. Les premiers clichés, les premiers fichiers imprimés, les premières constatations. Le fantôme de la victime qui commence à rôder. Demande de l'aide.

5.

Cet après-midi, je me suis assis à la place de mon père. Sur l'une des banquettes en Skaï rouge de cette brasserie où il a rencontré ma mère. C'est elle qui me l'a raconté, un jour que je la questionnais. Mon père venait d'arriver en France, au tout début des années 1960 pour ce que j'en sais. Il s'installait au fond de la salle du Wepler, toujours dos au mur, afin de surveiller les allées et venues, l'accès à la porte d'entrée. Un réflexe qu'il avait gardé de sa jeunesse algérienne, de son engagement dans la lutte pour l'indépendance ? Je n'en sais rien. Je m'en fous. Ma mère m'avait dit qu'il semblait toujours sur ses gardes, aux aguets à chaque instant. Alors j'imagine.

La place de Clichy vacille sous la pluie à travers les vastes baies vitrées. Les cars des Compagnies républicaines stationnent tout autour, alors que les véhicules banalisés de la BAC* patrouillent à intervalles réguliers. Toutes les dix-sept minutes exactement. Le faisceau des phares capture

* Brigade anticriminalité.

l'espace d'un instant des silhouettes égarées, des couples qui s'embrassent et se séparent sous la pluie. Arrimées aux réverbères, aux feux de circulation, les caméras de surveillance enregistrent chaque geste, chaque visage. Il y a longtemps déjà que nous n'avons plus d'intimité. Paris était ma ville, et je ne reconnais plus rien. Rideaux tirés. Avenues désertes, terrasses abandonnées. Une population parquée, soumise, paumée dans le dédale des grandes surfaces essentielles. Les gyrophares, les sirènes, les patrouilles. Voilà l'invention des ronds-points de demain, des révoltes. Les embrasements, la répression. Ce parfum d'émeutes aux lisières, les feux d'artifice trafiqués en mortier, les derniers vaisseaux incendiés. Tout sera étouffé, réprimé. Comme chaque fois. Ce pays est trop riche pour être détruit de l'extérieur. C'est de l'intérieur que nous allons nous anéantir.

J'ai toujours aimé la vie des brasseries, ce jeu de rôle. L'intimité qui parfois s'installe dans le brouhaha des services, le cliquetis des couverts et la rumeur des percolateurs. Ce sont des lieux où l'on peut sans effort s'inventer une nouvelle vie. L'amoureux délaissé se relève soudain après quelques verres, le sourire d'une serveuse l'aura ressuscité. L'étudiante voudrait que son professeur se penche mieux sur elle. Des drames se nouent ici, sous le fard, le mascara, les costumes ajustés, chacun abrite d'autres vies que la sienne. Combien de masques, combien d'existences pour un seul homme ? Est-ce bien ici que mon père s'est inventé un destin français ? J'ai apporté les fichiers enregistrés à l'hôpital. Téléchargés sur mon smartphone. J'enclenche le mode lecture et j'écoute au hasard la voix de mon père se mêler aux conversations qui résonnent dans la brasserie. Je ferme les yeux et je peux le voir. Presque. Il a commandé un café double. Il observe à travers la baie vitrée cette vie nouvelle. Cette vie française. Il apprend le goût de l'exil. Il n'est pas là depuis longtemps. Il a trouvé un travail de commis boucher à deux pas de la brasserie. Ma mère m'a raconté qu'il accompagnait parfois ses patrons dans le Charolais pour l'abattage des bêtes. J'imagine des hommes au teint rouge, leur haleine au petit matin. Mon père est chargé de dépecer les bœufs. Je vois ses mains pleines de sang. Je perçois la chaleur du sang sur ses mains. La peau de l'animal à ses pieds, un manteau arraché, encore fumant. Il faut une eau brûlante pour se laver. Nettoyer enfin le laboratoire au jet glacé, frotter les carreaux de faïence, effacer chaque trace. Très vite, passant du chaud au froid, mon père ne distingue plus la différence. Ses mains sont devenues insensibles. Toute sensation l'a quitté. La tâche accomplie, il rentre à Paris pour se coucher, se lève avant l'aube pour rejoindre les Halles, puis la boucherie de la rue des Dames.

À 16 heures, il est libre. Il va acheter *Miroir-Sprint*, s'installe au Wepler, commande son café. Double. Il regarde la foule rouler à deux pas. Je l'imagine sur sa banquette, les ongles rougis, sentant encore la viande. L'Algérie lui manque. Les badauds semblent paisibles, indifférents à ce qui se passe là-bas, chez lui. Ces années-là, 1961, 1962, l'arrivée de Kennedy au pouvoir, l'assassinat de Lumumba, les premiers pourparlers entre la France et le GPRA, le Gouvernement provisoire de la République algérienne, et le stade Yves-du-Manoir, à Colombes, dont les tribunes s'achèvent sur la pelouse.

Mon père a 19 ans. Je ne sais rien de cette époque. Je crois qu'il avait aussi effacé ces moments-là. J'ignore les raisons pour lesquelles il a quitté la boucherie de la rue des Dames et rejoint les chaînes de l'usine Citroën de Poissy. Je me rappelle seulement que c'est l'usine, et certains de ses camarades, qu'il regrettera avec constance. Ceux qui l'ont défendu bien plus tard, pendant les ratonnades de 1982. Ça, il l'a ressassé longtemps. Il racontait quand il avait bu. Les affrontements à l'usine, les Français qui venaient agresser les OS, les Arabes du bloc 9. Les blessés par dizaines, les nuits du 3, du 5 janvier 1982. Les bastons. Les courses-poursuites à travers les ateliers, les pièces de métal piquées sur la chaîne de montage et jetées sur les crouilles. Les métèques touchés au visage, à la tête. « C'est comme ça qu'ils parlaient de nous, les Français. » Ce sont les mots de mon père. Le sang presque vert sous les néons. Mais il gardait pourtant la nostalgie de ceux qui l'avaient défendu. « Mes camarades », comme il disait. Dix ans plus tard, à Flins, ils seraient tous licenciés. De cela, il n'a jamais parlé. Je me souviens seulement de la lettre à l'enveloppe bleue qui attendait sur la table de la cuisine.

Mais pour l'heure, je le vois qui boit lentement son café à l'orée de la place de Clichy et des années 1960. La vie est là, tout près, de l'autre côté de la vitre. Il lui faudra franchir cette frontière. Que fait-il de ses nuits ? Ma mère est-elle déjà présente dans son existence ? Perçoit-il la douceur sous ses doigts ? Le corps d'une femme, sa peau. Je ne sais pas. De la même façon que j'ignore ce que ses mains glacées, ce que ses mains brûlées, éprouveraient lorsqu'elles me frapperaient des années plus tard.

6.

Un silence violent règne dans le bureau. La rumeur du commissariat se glisse partout. Le central tombe en ruine. Chiottes bouchées, fuites aux plafonds, amiante, salpêtre, douches condamnées. Des souris, des rats. Les collègues ont posté les images sur le Web. Ce mélange de honte, de rébellion. Une sirène, dehors. Un ordre qui fuse, une vie effrayante, que j'aime, que je voudrais fuir. Cela me prend par instants, cette envie, depuis que mon père est mort.

Le ventilateur de mon ordinateur se met en branle, se mêle au grésillement du néon fixé de travers. Le Lenovo portable, nous nous sommes tous cotisés pour le payer. Il passe de bureau en bureau, plaintes, dépositions, mains courantes, c'est selon. Le matériel fourni par l'administration est en carafe depuis des mois. Ne sera pas réparé, encore moins remplacé. Plus de crédits, plus de pognon. Même pas assez pour payer l'essence des bagnoles de service – pour cela aussi, on se cotise. On nous envoie à la guerre armés de petites cuillères. Voilà ce que disent mes flics. Nos armes de service, c'est pour se flinguer finalement. Deux mecs, un gardien, un lieutenant, se sont collé une balle le mois dernier. C'est moi qui ai reconnu les corps à la morgue. Annoncé la nouvelle à l'épouse de l'un, la copine de l'autre. Elles n'avaient même pas l'air étonnées. Plutôt soulagées, au fond.

Il entre soudain dans le bureau. Sans frapper, comme d'habitude. Blouson de cuir, pantalon de toile froissé, chaussures de sport pleines de boue. Pas rasé, l'ombre bleutée de sa barbe. Sur sa gueule, la fatigue, l'amertume, le découragement. Peut-être de la fièvre. Covid ? Une sorte d'épuisement en apparence. Aussi, surtout, une façon de se tenir, campé sur ses jambes, au cœur de sa vie, une force brute, sourde, quelque chose de rentré, enfoui, qui menace de jaillir à tout instant. Manu. Un bon lieutenant. Il s'installe sur la chaise face à moi. Je le scrute toujours. Il ne cille pas. C'est moi qui romps le silence.

– Fatigué ?

– Pas plus que d'habitude.

– C'est-à-dire ?

– Pas mal, ouais.

– À part ça ? La petite dans la boue, l'Identité a avancé ?

– Pas vraiment. Aucune trace d'elle dans les fichiers. Les empreintes n'ont rien donné. Aucune disparition qui corresponde à son signalement. Le bordel courant…

– T'en penses quoi ?

– Peut-être une pute… Encore que… Trop bien fringuée. Je veux dire…

– … Trop discrète. Trop vieille.

– Oui. Une affaire de came ? La fille est une mule qui a gardé une partie de la livraison, je ne sais pas. Ou alors un truc de hasard. Un mec qui rôde avec sa lame. Il la voit belle. Prend la trique. Il l'aborde, elle le jette. Il insiste, elle s'enfuit, il lui cavale après. Le malentendu habituel… Ils arrivent près du chantier, et puis ça tourne mal. Elle ne veut rien savoir, il l'entraîne. Elle ne veut toujours rien entendre, il la secoue, la fout par terre. La baise. Et après, il s'acharne un peu. Un coup de stress…

– Non. Trop ordonné, trop froid. Tu as vu comme il l'a recoiffée ? À mon avis, il la connaissait.

– On revient à la dope, alors ?

– J'en sais rien.

– Tu sais, Capitaine, cette ville… Putain, on n'avance pas, on n'avance pas ! Les affaires, on en résout si peu. Pratiquement que dalle. Merde ! D'un côté, t'as tous les arrondissements friqués. De l'autre, t'as encore du fric, celui des trafics, qui tient les quartiers sous perf. Une digue de pognon qui éloigne les barbus. Alors, globalement, on laisse faire, on regarde ailleurs. Au milieu, les migrants qui se planquent, jouent à cache-cache avec les collègues, et qui finiront noyés dans la Manche, gelés dans une remorque réfrigérée, arrêtés sur la plage au mieux… Sans oublier les SDF canal historique, ceux qui ont glissé peu à peu jusqu'à la rue, et qu'on laisse tomber encore plus bas. Je te parle même pas des mômes au métro La Chapelle qui taillent des pipes pour trois euros dans les sanisettes Decaux pour se payer un caillou.

Je le regarde avec attention. Nous travaillons ensemble depuis cinq, six ans. Moi comme numéro un, Manu en deux, une bonne équipe, soudée, des amis au fond. Deux frères, presque. J'ai trouvé dans la police ce dont mon père m'avait privé : un clan, la certitude d'appartenir à un corps, d'être d'un bloc. Fragment de la roche qui vous retient, vous absorbe, vous cèle. Car je suis comme ces pierres déposées sur la rive des torrents. Elles paraissent imperméables, inviolées. En les observant de plus près, on distingue une infime fêlure. L'eau s'y immisce lentement. Au premier grand froid, elles éclatent. Je lui souris et Manu me renvoie mon sourire. Ses lèvres craquelées, de la salive séchée à la commissure. Sa voix sourde :

– Toi, ça va ?

J'acquiesce. En rentrant chez moi, je prendrai une douche brûlante, je me frotterai longtemps. La ville, la nuit me laisseront en paix un moment. J'écouterai la voix de mon père.

– Capitaine, il faut que je te dise. Je vais prendre quelques jours. Je sature, là.

– Tu vas me manquer, lieutenant.

– Toi aussi, Capitaine. Toi aussi.

On se lève d'un même mouvement. Nos regards arrimés, la poignée de main que l'on fait durer quelques secondes. Ce qu'il faudrait dire, ce que l'on devrait se dire. À quoi bon, nous savons déjà.

Je raccompagne Manu vers la sortie. La porte est surveillée par trois gardiens de la paix. Gilets pare-balles, fusils-mitrailleurs, masques chirurgicaux. Un pays sous la menace. Que des symboles dérisoires protègent à peine.

7.

Je suis revenu au Wepler. Je suis revenu écouter la voix de mon père se mêler au brouhaha. Le garder en vie, encore un moment, rien que pour moi. J'apprends à aimer l'âpreté de cette langue, je commence à y discerner une sorte d'harmonie. Même si je ne comprends pas grand-chose. Mes progrès sont lents, irréguliers. Parfois, j'ai l'impression de refuser l'obstacle. Je veux à la fois comprendre cette langue, y trouver peut-être une explication aux actes de mon père, mais aussi m'éloigner de lui comme je fuirais un danger inédit. Quelque chose m'intrigue cependant, me force à continuer. Un nom revient souvent à travers les heures d'enregistrement. Un nom français. La voix de mon père change quand il le prononce. J'y devine une émotion profonde. Est-ce de la joie, de la nostalgie, du chagrin ?

J'ai commandé du vin, et j'ai appelé ma mère :

– Georges Bertrand, cela te dit quelque chose ? Un de vos amis ? Ou un collègue à l'usine, un camarade de… papa ?

J'ai toujours eu du mal avec ce mot affectueux, censé signifier l'amour et la protection, la force et l'indulgence mêlés. J'ai toujours répugné à nommer mon père de cette manière. Lorsque mes enfants m'appellent ainsi, j'ai toujours un temps d'hésitation avant de leur répondre. Est-ce bien à moi qu'ils s'adressent ?

– Non, je ne vois pas. Mais tu sais, ton père ne me disait pas tout. Je vais chercher et je te dirai. Tout va bien, mon fils ?

Je ne réponds pas, raccroche.

Le soir est tombé depuis longtemps. La clientèle a changé, les tables sont dressées. Soudain, je suis capté par des éclats de voix, du verre brisé. Un jeune mec, 20 ans peut-être, parle trop fort. Il vient de renverser une bouteille. Le vin répandu sur la nappe, les serviettes. Il garde à côté de lui un étui à guitare abîmé. Par instants, il l'enlace comme un type bourré tente d'étreindre une fille. Les serveurs s'empressent de tout remettre en ordre, remplacent une nappe, posent de nouveaux verres. Autour de la table, on essaie de donner le change. On félicite le môme pour son concert, mais les compliments ne l'apaisent pas. C'est comme si l'on jetait du sel sur ses plaies. Je le regarde se saouler, je vois comme il est seul. Il est en train de sombrer, et personne ne lui vient en aide. Tout à coup, alors qu'une jeune fille s'approche de lui, très blonde, très fraîche, l'air fragile, pour lui demander un autographe, il explose. La repousse, l'insulte. Un serveur s'approche pour le calmer. Le môme se lève et se met à gueuler : « Mais vous savez pas qui je suis ?! » Ils sont une dizaine autour de lui, tétanisés. Ils se lèvent peu à peu, quittent la table. La plupart oublient de payer. Le jeune homme est très pâle. Une jeune femme pose sa main sur son poignet, et ce geste simple me bouleverse. Elle tente de l'apaiser, mais qui le pourrait ? On dirait qu'il enterre ici ses derniers rêves. Je connais cette sensation. J'ai failli me perdre ainsi, et pour les mêmes raisons. Tout le monde est parti, il n'y a plus qu'elle et lui. Le maître d'hôtel vient déposer l'addition sous leurs yeux. Elle n'ose même pas la regarder. Puis elle se lève lentement. Elle glisse quelques mots au garçon, je peux les lire sur ses lèvres : « Ne t'inquiète pas, je reviens… » Je la suis du regard, elle sort dans la rue, en t-shirt sous la pluie. Une rafale de vent soulève ses cheveux, puis les rabat sur son visage, on dirait que c'est la nuit même qui l'engloutit. Je l'observe, elle compose un numéro sur son smartphone. La conversation est brève, la voici qui revient déjà, s'assied aux côtés de son compagnon, pose sa tête sur son épaule. Le serveur réapparaît, s'exaspère, elle lui demande de patienter un peu. L'argent ne tardera plus.

Puis il arrive enfin, le père du garçon, évidemment. La jeune femme trouve refuge entre ses bras. Il possède cette force, il sait rassurer. Il a pour lui la confiance, et l'argent. Pour ces gens-là, c'est la même chose. Il est l'image même de ce que je méprise, de ce que j'ai toujours voulu renverser, abattre. Tuer. Déjà, l'homme règle l'addition.

Son fils tente de se redresser, de se lever. En vain. Il glisse de sa chaise et se retrouve à terre. Son père se précipite pour l'aider. Je suis convaincu que c'est pour l'aider. Comme un adulte vole au secours de son petit garçon. Mais le môme l'en empêche. Dans un réflexe ridicule, il roule sous la table. Comme s'il fuyait, comme s'il voulait s'enterrer. On dirait qu'il chiale. Alors l'homme, livide, ouvre à nouveau son portefeuille.

La silhouette d'un père au-dessus de son fils à terre. Sa colère est muette, glacée. Il y a du mépris dans son attitude, beaucoup, et de la déception aussi. Il balance à la gueule de son fils une poignée de billets.

– Ton cachet.

Rien d'autre. Il tourne déjà les talons. Il sort la tête haute du Wepler. Je sens bien comme toute la salle, tout le personnel, l'approuve, et l'admire, et le plaint. La jeune femme ramasse l'argent, le fourre dans sa poche, il servira pour un taxi. Pour rentrer avec le fils déchu, avec celui qu'elle aime encore pour le moment. Et lui, comment fera-t-il face ? Lui aussi devra régler la note. Je voudrais me lever, poursuivre le père dans la rue, lui casser la gueule, lui briser les os du visage et le laisser pour mort sur un coin de trottoir. Quelque chose me l'interdit. Je dois rester en marge, je ne suis qu'un passager clandestin, cette vie n'est pas la mienne.

La clientèle de la brasserie retrouve ses esprits, quelques rires fusent déjà, mal assurés, indécents peut-être. Tous les regards, toute la curiosité se détournent enfin. La jeune femme aide son amant à se remettre debout. Il sanglote encore, il est plein de larmes et de morve. Il sent l'alcool, la sueur, la pisse. Il pose son bras sur ses épaules. Ils quittent enfin la brasserie. Ensemble.

La pluie, les rafales de vent. Les premières banderilles de l'automne. J'ai quitté le Wepler sans me retourner. Voici Paris exsangue, dégueulasse. Un lit défait. Celui d'une vieille pute où s'agitent quelques fantômes, des silhouettes qui hésitent encore, juste avant la chute, juste avant la fin. Une portière claque, une dispute, des mots égarés. Ce soir, je ne rentrerai pas chez moi, je traîne sur les quais, gare du Nord, je lève les yeux vers les grands panneaux lumineux, je cherche un horaire, une destination. Un TGV s'apprête à partir, je longe la rame, je vais monter et m'en aller, il y a toujours une vie ailleurs, loin de la nuit. Un train au hasard, juste avant le couvre-feu.

Si mon père n'a jamais exprimé de regrets, est-ce moi qui dois porter seul tous les remords ?

8.

Un jeune type sur la croix. Saint André, la nuque brisée, la queue pendante. Son visage maculé, le sang. Les cuisses souillées, la panique, et puis l'effroi. L'odeur de foutre mêlée à celle du raisiné. Des traces de coups sur le corps entier, bleus, ecchymoses, hématomes. Tout autour, des draps dégueulasses, des coussins amassés, parapets juste avant l'abîme. Même moi, j'ai un choc. Alors j'observe, j'enregistre – chaque image est une empreinte. Je note les vasques de coke, les flacons de poppers, les capotes pleines, les godes salis de merde parmi les étoffes et les tentures. Les menottes et les magnums de Krugg éventé. Confiseries, GHB. Le buffet est un peu plus loin. Montrachet, gevrey, clos variés, des mets fins, langoustines, émulsions subtiles à la truffe, des corbeilles de fruits frais disséminées sur les tables basses. Les toiles, les photographies aux murs sont signées. Deux ou trois sculptures incompréhensibles.

Je reviens au supplicié cloué au mur. La peau fine, les lèvres ourlées, les traits au dessin parfait.

Les hanches étroites et les épaules fragiles, écartelées. Un très jeune homme. Même pas. À peine majeur, encore un adolescent. Je serre les poings, préfère soudain regarder ailleurs. Je me souviens que ma vocation prenait ses racines dans cette volonté-là. Sauver les gamins de la violence des adultes, des parents, des salauds. Mais je n'ai sauvé personne, évidemment.

Au-delà des baies vitrées, de la terrasse, la tour Eiffel à main gauche, le Sacré-Cœur à droite, et la lueur des bateaux-mouches qui dansent au plafond repeignent l'espace d'un instant les moulures, les stucs.

– C'est moi qui vous ai appelé…

Un homme en peignoir, le même âge que moi. Cheveux châtains assez courts, les yeux bleus, cette dureté dans le regard – ou plutôt, ni crainte ni émotion, quelque chose de mat, glacé, de parfaitement indifférent. Numéro deux d'une grande chaîne de télévision. Proche du pouvoir. Un type d'avenir. Jean-François Keller.

Le fait qu'il n'ait même pas pris la peine de se rhabiller, qu'il apparaisse ainsi, presque à poil et bandant encore sous la flanelle, la pupille en tête d'épingle et le verbe froid, en dit long sur son sentiment d'impunité.

Nous sommes côte à côte devant les immenses fenêtres. Même taille, même silhouette, les deux faces d'une même pièce – c'est cela qui me frappe. Alors, ça me tombe sur la gueule, sur les épaules l'espace d'un instant. La fatigue, la gerbe – cette amertume qui ne me laisse plus, de jour en jour et chaque nuit. Je pense à mon père et j'ai honte. C'est lui qu'il faudra retrouver, mettre au jour ce qu'il était vraiment. La seule enquête, la seule traque qui vaille. Je me rappelle qu'il m'avait reproché de rejoindre les rangs de la police. Que je le trahissais. Paris tremble sous mes yeux.

– Tout le monde est encore là ?

Keller acquiesce en silence.

– Bien. J'aurais besoin de l'identité de chacun de vos invités. Celle de la victime, aussi.

– Vous aurez tout cela, je vous prépare la liste.

– Complè…

– Complète et exhaustive, oui, vous pouvez compter sur moi.

– Dites-leur qu'ils seront convoqués pour une audition. Et que personne ne quitte Paris.

Nos regards dans la vitre, et cette paroi entre nous, invisible, infranchissable – que je vais devoir briser.

– J'ai cru reconnaître quelques visages… Je me trompe ?

– Je crains que non, Capitaine.

– Et c'est pour cela que vous m'avez appelé, n'est-ce pas ?

– Avant toute chose, oui. C'est, je crois… la marche à suivre.

Il suffit que soient impliquées quelques personnalités – pas forcément les plus célèbres mais celles d'influence, celles qui croisent dans les antichambres, les cercles de pouvoir, politique, finance, information. Au cœur noir du réacteur. Celles qu'il faut d'abord exfiltrer, protéger dans un premier temps. Une procédure fantôme, jamais nommée, secrète absolument, une poignée de numéros de téléphone, des portables cryptés, sécurisés, ce que l'on sait devoir faire dans certaines situations. Afin de protéger la citadelle.

Je suis aussi là pour ça. Janissaire. Homme lige. Pourri, corrompu comme les autres. Au fond, c'est mon père qui avait raison. C'est pour cela qu'il me bat. J'ai cette faiblesse en moi. C'est parce que j'abrite cette faiblesse, et qu'il la voit. Elle lui est insupportable. Voilà pourquoi mon père me bat. Au fond, il n'y est pour rien.

Keller me sourit. Lui, je pourrais casser sa gueule. Le détruire. Le soumettre. Il n'y a plus grand-chose pour me retenir, et cela m'effraie.

9.

J'ai retrouvé une photo ancienne dans la pochette que ma mère m'a donnée après les obsèques de mon père. « Pour que tu n'oublies pas les premières années... »

Ce qu'elle appelle les premières années. Et peut-être même le bonheur. L'idée qu'elle veut en garder, j'imagine. Cette fiction. La période dont je n'ai pas vraiment souvenir, juste avant les coups. Juste avant décembre 1986, ces images à la télé que j'avais surprises, et qui auront déclenché chez mon père une rage que rien ne viendra endiguer. J'avais 6 ans ce soir-là, et si peu envie de dormir. Je m'étais glissé dans le bref couloir qui menait de ma chambre au salon. La porte était entrouverte. Les lueurs bleutées de la télévision, je m'en souviens parfaitement. C'étaient celles des gyrophares qui peignaient les façades de la rue Monsieur-le-Prince. Le nom de cette rue, que j'avais trouvé drôle sur le moment... À l'écran, des jeunes gens couraient, hors d'haleine, devant des motos lancées à pleine vitesse. À l'arrière de chaque selle, un homme en uniforme empoignait un bidule alors que le pilote se rapprochait des fuyards. L'équipage arrivé à leur hauteur, le passager les frappait aux jambes, aux épaules, à la tête parfois. Ils tombaient le plus souvent, alors la moto s'arrêtait et le type à la matraque descendait pour rouer de coups les manifestants recroquevillés au sol. Je crois me rappeler que l'on discernait en arrière-plan les compagnies de CRS qui protégeaient les vitrines et la porte des banques. Les lacrymos, les fumigènes, le boulevard Saint-Germain désert et ce parfum d'émeutes que je retrouverais tout au long de ma carrière. L'espoir vibrant, l'espoir vain que tout bascule. Grand soir ou nouvelle aube. Ce qui flotte dans l'air, de fébrile et d'émouvant. De ridicule. D'éphémère. Je crois me souvenir aussi que certains étudiants parvenaient à s'enfuir, à échapper aux équipages de motards. Leurs enjambées véloces, précises. Je me rappelle ce jeune couple capturé par la caméra. Des larmes stupéfaites d'un jeune homme, cheveux bouclés, sac US en bandoulière, que sa petite amie retient, prend dans ses bras, empêche d'aller en découdre, il est trop tard, casser quoi, c'est inutile, viens, viens, il faut se barrer maintenant. Je sais aujourd'hui que c'est aussi pour ces mômes que j'ai voulu devenir flic. Afin de les protéger. Je me souviens que les images revenaient sans cesse à la rue Monsieur-le-Prince. Au jeune Arabe tué au fond d'une cour alors qu'il fuyait les voltigeurs. Et puis surtout je revois parfaitement l'ombre des épaules de mon père au-dessus du dossier de son fauteuil. Comme elles tremblent, se soulèvent, parcourues de frissons, de sanglots. J'entends encore parfaitement la plainte qui émane de lui. Cette souffrance mal contenue, qui s'échappe et me sidère. J'ai dû faire un faux mouvement alors, provoquant le grincement de la porte du salon, d'une latte au plancher. Je ne sais plus. Mais mon père m'a entendu. Il s'est retourné, puis levé. Ses yeux, son visage humide, trempés de larmes, et moi qui ne comprenais pas. Il a repoussé son fauteuil et puis il a marché sur moi. Le poing serré sauf l'index tendu, qui m'accusait, me jugeait, me condamnait. L'autre poing fermé au niveau de l'aine, prêt à jaillir. Pas un mot, pas une réprimande. Il était déjà sur moi, saisissant le col de mon pyjama et me tirait derrière lui jusqu'à ma chambre. Dans quelques secondes, la porte allait se refermer. Et les coups tomberaient pour la première fois. Pour ne plus cesser tout au long des années.

J'observe la photographie, comme si elle détenait une espèce de secret. Je suis assis sur le capot de la R20. Elle sort de la concession, flambant neuve. Mon père est debout à mes côtés. Il est en costume de velours et porte un col roulé gris foncé. Il a posé sa main droite sur mon épaule. Sur l'image, on voit bien que le geste est maladroit. Timide plutôt. Il ne fixe pas l'objectif, c'est moi qu'il regarde. Et dans ses yeux, c'est peut-être de l'amour que je peux lire aujourd'hui.

Les premières années ? Je m'en souviens. J'ai 6 ans, j'ai 10 ans, mon père me frappe chaque soir. Je l'attends dans ma chambre au fond du couloir. Il tape indistinctement au visage, au ventre, avec les mains, les pieds. Ma mère s'interpose, se jette entre mon père et moi. Elle prend des coups à ma place. Puis elle n'a plus la force, et je n'ai aucun rempart. La violence me cueille, me pénètre à froid. Mon père me frappe chaque soir, je l'attends dans ma chambre, j'ai 10 ans, j'ai 6 ans au fond du couloir.

10.

Je le comprends chaque jour. Le pays s'enfonce dans le chaos, la guerre, le dénuement. Les soldats sont partout. Leurs rondes, leurs patrouilles. Paris s'abîme. C'est un naufrage impavide. Des millions de rats l'ont envahi, le rongent, gagnent les bosquets, les squares fermés désormais aux promeneurs. La mairie a débloqué un budget. Sous les panneaux publicitaires, les pauvres, les réfugiés, les démunis disposent leurs cartons éventrés, puis s'allongent comme on pénètre un refuge dissimulé sous les roches, les ronces : d'abord à quatre pattes. On les évacuera bientôt de force. Le gouvernement a débloqué un budget.

Restent les belles avenues, les quartiers choisis. Les seuls au fond que je suis chargé de protéger. Les façades de pierre blonde, les caryatides délicatement sculptées. Les hôtels particuliers. Et puis les vitrines indécentes, les grandes affiches, les lumières qui me sautent à la gueule. Le portrait des icônes absurdes de la cosmétique, des idoles calibrées de la mode et du luxe. Ce qu'ils appellent le luxe. Cette lobotomie mondialisée.

Par instants, cela me saisit, me blesse profondément. Je me sens étranger au monde. Alors, mon père me manque. Sa dignité, sa condition d'ouvrier, sa fierté de petit mécanicien, son orgueil absurde quand il a cru s'élever enfin, juste avant la débâcle.

Dans chaque rue, chaque avenue, ce sont les mêmes néons violents, les couleurs stridentes qui incitent en anglais à se ruer dans les boutiques. Elles ferment de plus en plus tard. À toute heure, chacun peut acheter sa dose, tromper son angoisse, son ennui. L'ordre règne à Paris la nuit.

Bien sûr, ceux qui n'ont pas de pognon, qui se retrouvent interdits de consommation, rôdent parfois en bande à l'orée des galeries marchandes. La tension qu'ils placent dans chaque geste rappelle le danger. Des patrouilles de CRS effectuent leurs rondes, celles de Sentinelle tournent aussi en rond, elles tiennent ensemble le terrain. À peu près. Les badauds affectent de ne pas remarquer les pitbulls des uns, les armes des autres. Ce sont les *qamis*, les djellabas, les barbes taillées *hallal* qui les inquiètent le plus à la télévision. Les canifs islamisés. Alors ils regardent ailleurs, se jettent à la volée dans le hall des grands magasins, se répandent vers les espaces beauté, les espaces loisirs. Leurs enclos. Des dizaines de caméras sont braquées sur eux, elles les rassurent. Les barbelés numériques n'écorchent personne.

Moi, je m'attache aux gamines, ce sont elles qui m'inquiètent le plus. Le corps de la jeune suppliciée sur le chantier me hante depuis des jours, des nuits. Nous n'avons aucune piste, rien. Peu à peu, elle dérive vers l'oubli. Seul un indic, seule la chance, peut-être. Une môme sans importance, dont la mort sera classée sans suite. Comme sa pauvre vie. À l'orée des parkings, je croise des adolescentes venues de l'Est. Perchées sur de larges semelles, les lèvres peintes. Écarlates, aluminium, c'est selon. Sous le fard, le mascara, je vois la jeunesse, la révolte. La came aussi. Toutes, elles viennent de banlieue. Je le discerne dans leurs yeux, les regards saisis. La faim de lumière, de vitesse, d'argent. Je me souviens d'un soir, en rentrant chez moi, où j'avais demandé à l'une d'elles pourquoi elle faisait la pute comme ça : elle s'y mettait de temps en temps, lorsqu'elle avait envie d'une paire de Nike, d'une fripe chez Zara. Une pipe ou deux, et c'était joué.

C'est toujours la même tristesse. Se sentir inutile. Bon à rien. Même moi, même Manu, même nos meilleurs collègues, tous au fond, on ne se console pas de voir qu'il n'y a plus, nulle part, un objet, un sentiment, un corps ou une émotion qui ne soit à vendre.

11.

Je dépose mon arme, mon insigne avant d'y aller. Avant de me rendre, au fond. Karim m'attend chez lui, rue du Delta, dans sa chambre de bonne. Le vasistas ferme mal, et l'air se glisse à l'intérieur. Il a fixé des crochets X tout autour afin d'y poser une couverture, la nuit, pour le protéger du froid.

Cheveux courts, barbe légère à la mode – rien de religieux, je crois. Des traits réguliers, regard noir, sourire vaillant malgré les difficultés. Karim est mon professeur d'arabe, deux heures par semaine. Le jeudi de 7 heures à 9 heures. Le reste du temps, il est étudiant en quatrième année de psycho à Saint-Denis. Il vivotait de petits boulots avant l'épidémie. C'est plus difficile à présent. Alors il s'est lancé dans les cours de langue. En visio, le plus souvent. Mais moi, je préfère être là, chez lui. J'ai besoin du ligne à ligne, de recopier les signes sur mon cahier. J'ai besoin de l'entendre lire pour moi. Cette langue étrange, dont j'ai l'impression qu'elle s'immisce autant qu'elle résonne et ravive une mémoire ancienne. Inconsciente.

Sonorités rauques, douceur âpre, à peine consentie. Une langue douce et cruelle, inconnue sans l'être. Désapprise ? La plupart du temps, j'écoute Karim sans comprendre. Parfois, je sursaute en entendant un mot, mes yeux cherchent les siens, mais je ne pose pas de questions, alors il continue de lire, et moi je me laisse bercer par les paroles incompréhensibles.

Dès mon arrivée, il commence de préparer le café. À côté de sa petite plaque chauffante, il a déposé une Thermos et un pot singulier. Chaque fois, il le désigne d'un geste. À moi de le nommer :

– *Dallah*…

Il acquiesce et poursuit sa tâche. D'abord, la mouture des grains. La sienne est grossière. Elle est celle qu'il préfère, il n'y a pas d'autres raisons.

– Le goût n'est pas le même. Je lui trouve plus de force comme ça, dit-il. Et puis…

Le bruit du moulin électrique couvre sa voix, je n'entends plus. À présent, il fait bouillir l'eau dans le *dallah*, puis la laisse refroidir légèrement à côté de la plaque dont il a abaissé la chaleur. Il y verse le café avant de replacer le récipient sur le feu doux.

– Inutile de remuer. C'est le feu qui s'en charge, ajoute-t-il. C'est lui qui mélange les grains.

À nouveau, il retire le *dallah* de la plaque. Laisse la mousse se répandre à la surface du café brûlant.

– Il faut guetter le bon moment…

Lorsque le niveau de la mousse a baissé, il verse lentement la cardamome réduite en poudre, les clous de girofle. Puis replace le tout sur la plaque et un feu encore plus doux. Quelques secondes à peine. Enfin, il pose le *dallah*. Transvase le contenu dans la bouteille isotherme.

– Jusqu'à ce que les grains apparaissent, précise-t-il.

Un peu de café, de grains demeure au fond du récipient. Le breuvage est lourd, dense. Il a la couleur du brou de noix. Le marc et les épices sédimentent contre les parois. Il le remue lentement, puis le verse avec application. La moitié d'une tasse. Celle-ci est sans poignée.

– Son nom ? demande Karim.

– *Finjaan* ?

– C'est bien, tu progresses, mon frère.

Je sursaute, n'aime pas cette expression. Je ne suis le frère de personne.

Karim est désolé, peut-être déçu. Inquiet, aussi. Je le vois à son regard. Il pose une coupelle remplie de quelques dattes sur la table où je m'installerai bientôt pour travailler les locutions usuelles.

– *El qahwa*, dit-il en se marrant, pour détendre l'atmosphère. Mais ce mot-là, tu le connais déjà…

– Ne t'inquiète pas, camarade ! Je t'aiderai pour ton titre de séjour. Pour la nationalité. Cela fait partie du deal.

Il a un sourire de môme blessé auquel on aurait trop promis, sans jamais tenir grand-chose.

Je savoure son café en silence. Peu à peu, je sens mon palais s'ouvrir à sa douceur violente, à sa subtilité abrasive. Le café de Karim ressemble à la langue que je veux apprendre. Il me verse une seconde tasse. Je dois me laisser aller à ce plaisir, à la connaissance. Sans lutter, sans vouloir rien dominer. Cela ne m'est pas facile, cela ne m'est pas naturel. Je me sens vulnérable soudain. J'avale mon *qahwa* d'un coup, et je déçois à nouveau Karim. Alors je fais tournoyer ma tasse sur la table, afin d'indiquer que je n'en souhaite plus. Il sourit. Je n'ai pas oublié ses leçons.

– On ne parle pas une langue, on doit la vivre. Dans ses habitudes, ses coutumes. Sa culture…

Je comprends que je ne sais rien de la culture de mon père. De la mienne ?

Pour la première fois, je passe à Karim un court extrait des enregistrements. Il prend en note. Puis il traduit, et les pensées, les mots arabes de mon père me parviennent avec clarté. Réunis, rassemblés. J'en deviens le seul réceptacle. C'est en moi que s'opère la fusion. *Dallah*.

12.

Cela fait des jours que je ne rentre plus chez moi, que je n'ai pas vu ma femme ni serré mes gosses. Je ne réponds pas à leurs appels, efface les messages sans les écouter. J'ai acheté quelques fringues, je prends ma douche au central. Je vois les cafards qui rampent jusqu'à la bonde. J'ai envie de gerber, ils n'en sont pas la cause. Le miroir des chiottes est cassé. Je me regarde à peine quand je me rase. Je préfère.

Je fais ma journée, rien n'avance. Manu me manque. Je me suis offert des écouteurs. La voix de mon père m'accompagne. Quand ma solitude, quand son absence deviennent insupportables, j'emprunte une bagnole et je roule. Je rentre à la nuit. Il y a toujours une soirée quelque part. De celles auxquelles on se rend en sachant que c'est une connerie. La République y avance démasquée. Je me demande depuis combien de temps j'avance dissimulé. Depuis combien de temps je suis écartelé comme ça. Est-ce que cela se voit ? Je pense à mon père. Lequel des deux au fond a trahi, a abandonné l'autre ? « Survivre, mon fils, c'est s'adapter », voilà ce qu'il me répétait sans cesse. Mais lui, avait-il su s'adapter, finalement ; avait-il au moins survécu en frappant son fils, en me laissant évanoui certains soirs sur la moquette de ma chambre ? Quant à moi, saurais-je encore me fondre dans ce monde-là ? Le protéger ? Comme un complice ?

Ce soir, c'est un avocat qui reçoit. Très célèbre, des velléités politiques. Une belle chevelure, un gris élaboré. Il est d'une nouvelle race de conseils – sans éloquence, sans panache, mais avec cette façon de démonter les procédures, de traquer les vices de forme, de soulever les questions de constitutionnalité avec un talent sans pareil. Honoraires inabordables. Parfois, il accepte une affaire *pro bono*. Une cause qu'il s'invente en miroir de l'actualité. Il passe bien sur les plateaux. Sa voix, son regard, cette façon de colère contenue qui dirait l'indignation. Unanimement méprisé par les flics. Qu'importe. Il donne cette nuit une réception sur sa péniche, juste en face du 36, de notre étendard abandonné. Des ténors et des flicards, des journalistes, des célébrités cathodiques. Quelques sportifs médaillés en étalons convoités par des blondasses en Louboutin. Qui de l'autre sur un coin de table, entre les draps ou sur la moquette sera l'esclave ? La pouliche, l'étalon, qui dira oui, qui dira non ? Pour quel jeu de rôle ? Toujours le même au fond. Un peu plus tard surgira un client d'envergure. Une star de cinéma probablement. Et puis les voyous. Ceux sans lesquels il n'y a pas de frisson possible pour ces gens-là. Je les reconnais d'emblée. Cette tension entre les épaules, même sous les costards à deux mille. Celle que l'on contracte en taule, en cellule, en promenade sous le ciel grillagé. Un triangle de muscles et de pure violence. Des larbins slalomment avec leur plateau, le champagne aux bulles fines, frappé à la perfection. Les eaux minérales jaillies d'Écosse ou d'Islande. Tout va bien, ça ronronne, je m'emmerde. Et puis les pompiers de la caserne à côté débarquent. Ils sont invités. Caution de sécurité érogène. Il est déjà 1 heure, 1 h 30 du matin, et ceux de la BAC déboulent pour leur pause sur le pont principal. Invités eux aussi. Et même choyés. Ils ont apporté des présents. Des friandises, des flacons, des sachets. Ils ont peut-être payé une ou deux bouteilles de JB. Le reste ? Ils se sont servis sur les saisies. Du banal, du classique. Tout le monde le sait, ferme sa gueule. Des princes noirs. Il y a longtemps qu'on les laisse aller dégoupillés. Ils sont trois, l'un est plutôt calme, fatigué, il se pose sur un sofa avec son scotch. Les deux autres sont en mode razzia, vodka au goulot et sachet de coke en sautoir. Le premier, râblé, petit, crâne rasé et bombers, le MR en holster ceinture. Il s'est alpagué une bourge et commence à la galocher. Personne ne sait si elle consent vraiment. Mais vu la carrure du mec, nul ne va vérifier. L'autre atteint facilement son mètre quatre-vingt-dix, les cent kilos. Pommettes hautes, cheveux courts de jais, des yeux sombres trop rapprochés, des sourcils en une seule ligne. Jamais bon signe, ça. Un borné, une tête de con.

La situation va déraper, c'est écrit sur la gueule des mecs, dans leur attitude. Déjà, ils s'enfilent quelques lignes à même l'acajou du bar. Il y a cette fille, là-bas, avec son petit copain – un jeune écrivain, un solitaire qui se demande ce qu'il fout là. La fille est somptueuse, les jambes immenses, les seins drus sous la robe noire légère, ouverte déjà. Des yeux verts que la douceur a délaissés depuis longtemps. À la place, une pierre inconnue, dure. Brûlante ou glacée, c'est selon. Une tête brûlée, même pas une fille au fond. Mais un mouvement, un défi. Celui du moment est de plonger avec un pompier. De faire la course jusqu'au Vert-Galant et retour dans les eaux sombres. À poil, évidemment. Un petit groupe se forme pour les observer, mater, les encourager. Les pompiers s'imaginent qu'ils la feront tourner, après, quand elle sera bien trempée. Et le flic de la BAC croit qu'il l'emportera sur les autres. Le jeune type a l'air serein.

Le pompier est le premier à poil, légère tumescence déjà. Elle regarde sa bite, puis plante ses yeux verts dans ceux du mec. C'est lui qui cède le premier. Ils plongent ensemble, d'une même impulsion. Très vite, ils disparaissent dans la nuit. Le clapotis, le ressac inaudibles, comme un mix inutile.

Il leur faut vingt minutes avant de revenir. C'est lui qui l'emporte. De peu. Il n'en revient pas, la laisse remonter essoufflée devant lui à l'échelle de coupée. Elle prend son temps, la chaloupe, la cambrure. Il ne manque rien, il la détaille, ses hanches, son cul, sa fente.

Lorsqu'elle traverse le pont, on dirait une reine débarquant sur un territoire inconnu de son propre royaume. Ce monde aussi lui appartient. La tête haute, la nuque tenue, le dos droit et ses jambes si longues, les yeux fixés sur sa cible, elle avance vers lui. Le jeune écrivain, toujours à l'écart. Son assurance, son sourire indéfinissable aux lèvres, on pourrait y voir une forme d'arrogance. Ou du soulagement. De l'amour sûrement. Au passage, elle croise le flicard de la BAC, lui pince la joue comme à un gosse. Puis poursuit son chemin semé de flaques. La voici debout face à lui. Elle s'approche encore, saisit le visage du garçon entre ses paumes glacées et l'embrasse à pleine bouche, longtemps, sous les regards. On voit la chair de poule qui la gagne, la peur rétrospective, peut-être. Autour d'eux, parmi les pompiers, il y a du dépit, de la colère – ils ne la baiseront pas.

Il l'enlace avant de la laisser s'échapper encore. Elle cherche sa robe, toujours nue, des femmes la détestent. Le type de la BAC en profite pour s'approcher du jeune homme. Je l'entends :

– Toi, tu dégages, ta meuf, elle est à moi. Bouge !

Le jeune homme ne s'énerve pas :

– Peut-être qu'il faudrait lui demander son avis…

Personne ne voit rien venir. Voici le môme à terre, une clef de bras le tient paralysé, le Manurhin du flic posé sur le crâne.

Les convives s'échappent comme ils peuvent.

Talons cassés, étoles oubliées, cols de chemises soudain tachés d'une mauvaise sueur. Collante, froide, dégueulasse – celle qui pue la trouille. Pire : la lâcheté. Les deux flics de la BAC font corps avec le collègue, protègent la scène. Personne n'a rien vu venir, n'a rien entendu, n'en saura rien. La fille a retrouvé sa robe, le spectacle la fait sourire. Elle n'intervient pas. L'avocat a disparu. Alors j'avance, montre ma carte aux deux connards qui montent la garde.

– Loïc ! Va falloir lâcher le petit pédé, là.

– Tu veux qu'il te suce avant de l'enculer, c'est ça ?

– Loïc… Déconne pas, il est de la maison…

Le gamin a droit à un coup de latte avant que Loïc le laisse enfin.

Il saigne. L'arcade, la bouche déchirée. Quelques mots aussi :

– Ta chienne, je lui aurais appris à jouir, moi.

Ses collègues finissent par l'emmener. Deux minutes plus tard, le moteur de la Ford de service dégueule toute sa puissance en remontant vers les quais. Ils sont chargés à bloc, prêts à en découdre avec n'importe quel môme des quartiers. Je me penche vers le gamin, l'aide à se relever :

– Tout va bien ?

13.

J'ai changé d'identité quelques semaines après que mon père m'a dit que je n'avais pas fait honneur au nom des Hoherdan. Je venais d'entrer dans la police. C'était il y a quinze ans. Ou aussi bien ce matin. Et ce sera demain encore. Cependant, j'ai totalement oublié pour quelles raisons il avait bien pu prononcer des paroles aussi dégueulasses. Elles m'ont traversé, blessé profondément, comme une lame qui déchire les chairs, les organes. Une douleur si vive, si intense qu'elle efface d'elle-même toute trace, chaque empreinte. Parce que dans cet oubli instantané réside la seule chance de survivre, et de s'en relever.

Cela faisait longtemps déjà que la violence verbale avait remplacé les coups. Je n'étais plus un enfant… Mais une sorte d'homme. Grand, fort, athlétique. En apparence. Dur aussi, comme lui… Mais j'étais seul à savoir que j'avançais dans la vie avec ce poids au fond de moi. Ce petit gamin mort de peur, enfermé là, juste sous ma poitrine. C'est à travers ses yeux que je voyais, que j'éprouvais le monde. Que j'apprenais l'exil. Et la violence et la colère. J'avançais masqué depuis toujours. Et face à mon père, ce gosse en danger refaisait surface. Devant mon père, nous nous tenions à distance, lui et moi. Sous son injonction, je me plaçais à l'autre bout de la table quand je venais déjeuner. Contre le mur opposé à son fauteuil au moment du café. Mon regard évitait le sien. Je craignais toujours autant de croiser ses yeux verts, qu'il pointe son index vers moi. Vers le petit môme que j'étais, et que je voulais désormais protéger de toutes ces forces qui me fuyaient face au vieux. Ce poing à peine desserré, tendu vers un fils qui avait trahi le nom d'une famille inconnue. Des racines qu'il ignorait.

Tout ce dont je me souviens de ce jour-là, c'est que j'ai quitté calmement la pièce, le couloir, l'appartement. Que je suis parti sans un mot, sans même embrasser ma mère, prostrée dans sa cuisine, retenant ses larmes. Je savais que je ne reviendrais plus. Je n'en éprouvais aucune blessure. C'est comme, à l'adolescence, claquer une porte d'un coup sec. Un morceau d'enfance tombe de l'autre côté. On sent comme il se détache. Sur le coup, on ne ressent aucune douleur. Celle-ci viendrait avec le temps, et les regrets.

Ainsi, moins d'une semaine plus tard, j'ai demandé à changer de nom. L'administration me l'a accordé facilement. Mes premiers états de services étaient excellents. Six mois encore et je portais le nom de ma mère. Je gardai mon prénom, choisi par elle à ma naissance. Le seul. Il y a longtemps que j'avais effacé mon second prénom, celui que mon père m'avait donné. Évidemment, personne n'était dupe. J'étais encore le fils de ma gueule. Alors, j'ai coupé mes cheveux aussi court que possible. J'ai fait, je crois, comme la plupart des enfants d'immigrés. De mon mieux, et plus encore. Je me voulais irréprochable. Je voulais qu'on m'oublie. Et m'effacer. J'ai rapidement gravi les échelons de la hiérarchie. Je suis aujourd'hui Vincent Chanaleilles. Mais je ne réponds qu'au nom de « Capitaine ». Là seulement, je me reconnais. Je pourrais en être fier. Je pourrais en rire. Alors pour quelles raisons ce sont des larmes qui me viennent ? D'où vient cette peine qui au fond n'est que colère ?

Aujourd'hui, je pense à mon père, j'écoute sa voix, je commence à l'approcher. À l'appréhender d'une manière différente. Et je me demande dans quelle langue je vais le pleurer. Dans quelle langue je vais me souvenir de lui. Rêver de lui.

Je sais bien comme ma quête est vaine. Je maîtriserai bientôt assez d'arabe pour le comprendre, lui. Pour lui répondre, peut-être. Pour exprimer des sentiments qui n'ont plus cours. Pour dire des choses que je n'ai plus envie de dire. Je n'ai qu'une seule langue, je le sais. Et ce n'est pas la mienne.

Je me demande de plus en plus souvent ce que devient celui que nous aurions dû être. Sur quel chemin parallèle il s'est engagé. Ou pas. Que devient celui qui n'a pas accompli son destin ? Celui qui n'est pas advenu, où repose-t-il désormais ?

J'ai cette intuition depuis quelques nuits. Je crois que mon père et moi partageons un même poids. Une même responsabilité. Une autre dimension du deuil. Nous ne parvenons pas à enterrer nos morts.

Dans ce monde où tout est à vendre, où nous sommes surveillés sans relâche, où le seul désir de la plupart est de posséder davantage encore, nous n'avons d'autre choix que de nous enraciner dans l'histoire de nos morts. C'est la mémoire sans cesse ravivée qui nous sauvera peut-être. Les morts ne doivent pas mourir. Puisque nous sommes orphelins d'un avenir décent, puisque nous sommes exilés de tout horizon.

14.

Elle avance vers moi dans l'allée déserte, à deux pas de l'Arc de triomphe, de la rue d'Argentine. La finesse de sa main, de son bras nu au cœur de la nuit. On dirait de pâles naufragés. Elle pointe un doigt dans ma direction, me tutoie d'emblée :

– Toi, tu es d'Algérie !

Elle laisse passer un silence, puis lâche :

– Moi aussi, je suis d'Algérie…

Comme si cela suffisait pour nous arrimer un moment, pour que je la suive. Sa voix est rauque, grave. Trop de cigarettes. De coke, peut-être. Son ombre, ses jambes sont longues quand elle dépasse un réverbère. Sa jupe descend difficilement sous son cul. Brune, de grands yeux noirs, pommettes hautes et bouche au dessin parfait. Ses seins pointent sous le caraco de satin.

– Tu viens ? Je t'emmène…

Je lui montre ma plaque. Elle sourit :

– Et qu'est-ce que ça peut foutre, qu'est-ce que ça change, dis-moi ?

Je ne dis rien, je la suis.

– Moi, c'est Zeïna. Et toi ?

Je ne réponds pas. Nous prenons sa voiture. Une Smart anthracite. L'habitacle est parfumé. Je laisse la vitre ouverte. L'air s'y engouffre. Ce qu'il me reste de vie. Elle trouve une place sans difficulté. Nous sommes à Neuilly, une rue bordée de résidences en pierre de taille. Elle se rajuste avant de sortir de la caisse. Baisse sa jupe sur ses cuisses, passe une veste sur le caraco. Je m'aperçois qu'elle n'est pas du tout maquillée. Son visage est nu, et cela me bouleverse.

C'est un studio minuscule. Salle de douche et toilettes dans l'entrée. Kitchenette. Un frigo qui ronronne, une machine à café, un rouleau de Sopalin. Une assiette, un verre, quelques couverts sèchent sur l'égouttoir. Un peu plus loin, sur un panneau de liège fixé au mur opposé, des photos, des portraits. Elle porte un tailleur bon marché et un chapeau. Elle vient de se marier, pose dans un jardin dont on aperçoit la clôture. Sa voix dans mon dos:

– On ne choisit pas toujours. Les choses changent vite…

Une petite baie vitrée ouvre sur un minuscule jardin. Une lame de verdure, un parfum de lilas.

– Tu viens ?

Je me retourne. Elle a déplié un canapé-lit, fait glisser sa jupe, ôté son caraco. Je la rejoins. Me dessape. Sa peau est douce. Je ne sais pas ce qui me prend soudain. Je lui demande de me parler en arabe. Et de me serrer fort, aussi. Loin des rives violentes de mon père, j'écoute cette langue pour la première fois. Je l'entends vraiment. Est-ce bien la mienne ?

On n'a pas baisé cette fois-là. On s'est même endormis un moment. C'est la fraîcheur de la nuit qui nous a réveillés. Elle a dit :

– Viens, allons marcher.

J'ai obéi sans réfléchir. On marche côte à côte, on rejoint les quais près de l'hôpital américain. Le bruit de nos pas pour conjurer le silence. Le ressac de la Seine, les clapotis contre la coque des péniches. Le claquement de ses talons sur le sol. Nos ombres mêlées, incertaines. Elle se raconte un peu, par bribes. Toutes ses vies, les ornières, les sursauts.

Zeïna a 25 ans. Elle n'a pas toujours fait la pute. Elle prétend qu'elle a été belle et digne dans une autre vie, et il faut la croire. Pour moi, elle n'en est plus au stade du mensonge, elle a passé la frontière, renversé les miroirs. Jeté au feu les dernières illusions. Zeïna est parfaitement lucide, elle sait à quoi s'en tenir. À sa manière, elle est libre. Elle dit aussi qu'elle ignore ce qui lui est arrivé, comme tout s'était passé vite, sans qu'elle décide vraiment de rien. On est pauvre, c'est tout, on a perdu son boulot, secrétaire, un truc comme ça, on fait la caissière, on se fait serrer par le chef de rayon entre deux palettes de fruits, de yaourts, dans l'entrepôt, on enchaîne les missions d'intérim, et puis on lâche. Où commence-t-on à céder ? Est-ce à l'instant où l'on accepte de baiser ou bien avant ? Cette faiblesse, elle se dit qu'elle devait l'abriter depuis longtemps. Elle prétend qu'elle assume. Enchaîne les passes. Les coups rapides et les étreintes, les hommes seuls et les trucs bizarres, derrière les murs des grands appartements, des belles maisons. Ce n'est pas le même rôle. Cela exige de porter des masques différents. Les lèvres serrées, elle lâche :

– Tu vois, Capitaine, c'est toujours une affaire de mensonge. Il faut savoir se fuir.

Elle pose son bras sur le mien, m'arrête et se tourne vers moi :

– Tu dois aller là-bas. Renouer avec ton pays. L'autre moitié de toi-même. Tu avances aux quatre vents, toi. T'es complètement écartelé. Déchiré… Je peux le sentir, tu sais. Ces choses-là, je les sens. Les hommes, je les connais. Tu dois y aller !

Elle rayonne d'orgueil et de douleur. D'une tendresse infinie. C'est un ange terrible. En exil.

– On verra ça, Zeïna, on verra ça.

– Ça suffit pas… Tu dois me promettre… Tu me jures ?

– Oui, je te le promets. Mais parle-moi encore, tu veux ? En arabe.

Alors elle murmure et je crois la comprendre. Je laisse les larmes venir. Passé inconnu, refoulé, libéré par sa voix.

Nous prenons un taxi pour rentrer avant l'aube. Le jour pointe déjà dans son studio. Elle tire vite les rideaux. Elle dit :

– Serre-moi fort.

Encore une fois, j'obéis. Sa voix encore :

– Voilà, accroche-toi à moi, donne-moi ton chagrin.

Corps nus sur les draps. Je la pénètre lentement. Et toujours le murmure arabe, la voix de mes racines, un écho que je commence enfin à apprivoiser.

J'ai retranscrit ses phrases phonétiquement. Elle ne voulait pas les traduire devant moi. Nous nous sommes quittés un peu plus tard. Elle m'a laissé son numéro de portable.

– Le mien, le personnel, pas celui pour les clients. Tu m'appelleras ?... Vincent ?

– Oui, Zeïna.

Puis j'ai rejoint mon existence. Le central, la fille dans la boue qui me réclamait encore. Qui me réclame en vain.

Le soir, j'ai appelé Zeïna pour l'inviter à dîner.

– Non, viens chez moi !

Elle m'a donné une adresse, le code de l'entrée, l'étage et la porte en sortant de l'ascenseur.

– Je suis heureuse, a-t-elle dit avant de raccrocher.

Je ne suis jamais allé au rendez-vous.

Je me souviens de ce qu'elle m'a dit le matin où je l'ai laissée seule dans son studio :

– Tu sais, on en rêve tous... Une fois au moins, sauver quelqu'un.

15.

Quand nous sommes arrivés sur les lieux, ils se tordaient de rire entre les débris. Leur bagnole s'était encastrée contre une façade de la rue Bobillot. À quelques mètres d'une école privée catholique et d'une agence bancaire. Au début, on a pensé à une voiture bélier qui aurait manqué sa cible. École ou banque, les deux hypothèses étaient plausibles. Nous en sommes là. Mais la situation était plus simple. Un accident. Les mômes avaient perdu le contrôle de leur véhicule, et deux d'entre eux se marraient encore, indemnes, au milieu des éclats de verre et des flaques de sang. Leurs potes avaient traversé le pare-brise. L'un, la gorge ouverte. L'autre, le crâne enfoncé. Un troisième était resté prisonnier de l'habitacle. On entendait les râles en s'approchant de lui. Les pompiers avaient renoncé à le désencastrer. Le gamin, 15, 16 ans peut-être, n'y survivrait pas. Il n'était plus vraiment conscient. La vie le désertait. Des bulles de sang fleurissaient à ses lèvres. Il allait crever dans des draps d'acier froissés.

La plupart du temps, ils sont vivants, mais, des gamins comme ça, on en ramasse de plus en plus souvent. Défoncés au proto. On les conduit aux urgences. Ils racontent tous la même histoire quand ils ont repris leurs esprits, quand on les convoque avant de les relâcher. À trente euros les soixante capsules en supermarché, cela fait le fou rire à pas cher. Comme une mode, absurde. Qui dit cependant à quel point leur vie est triste. Trois minutes d'oubli. De rire artificiel. Ils disent que c'est sympa. Que c'est pas de la came. Même si certains confient qu'ils peuvent en inhaler jusqu'à cent par soirée. Quand les troubles neurologiques surgissent, il y a toujours un copain pour appeler le 15. Fourmillements dans les membres, perte d'équilibre, paraplégie, tétraplégie parfois, pour quelques heures. Et des semaines d'hosto pour recouvrer tous leurs moyens.

Les deux survivants amorçaient leur descente. À présent, les larmes se mêlaient aux rires. L'un d'eux, le plus âgé, à peine majeur, a sorti une petite baudruche de sa poche pour se faire une inhalation express. On n'a pas eu le temps de l'en empêcher. Il se roulait à nouveau au sol, plié en deux par des spasmes irrépressibles. Sous la violence du choc, des cartouches de gaz à consommer et des bonbonnes de stockage avaient roulé sur le trottoir, glissé jusqu'au caniveau. Je ne sais pas ce qui m'a pris. Je suis allé ramasser l'une d'elles. Puis je suis remonté vers le connard qui se marrait toujours, la bonbonne à la main, pour lui casser le nez, lui défoncer les dents. Qu'il se taise, qu'il ferme sa gueule, enfin.

Deux collègues m'ont exfiltré rapidement. Un autre, de la BAC, est allé convaincre les témoins qu'ils n'avaient rien vu. Un dernier a fait tomber le smartphone d'une gamine qui avait filmé la scène, puis lourdement marché dessus. Sans le faire exprès. Nous sommes rentrés au central en silence. Il n'y a pas de jugement entre nous. Nous savions aussi que si l'on pouvait charger les jeunes survivants pour stockage en remontant leur filière, ils seraient au mieux mis en examen pour travail dissimulé en bande organisée. Le protoxyde d'azote est un produit légal, seulement classé comme substance vénéneuse. J'ai pensé à Manu alors que la Megane traversait la place d'Italie. Aucune nouvelle de lui. Il faudra que je l'appelle. Que je lui raconte. Il m'engueulera, il comprendra. Ce sentiment d'impuissance qui nous étreint parfois. C'est comme une marée qui monte lentement, un mélange de solitude, d'isolement, d'incompréhension. C'est voir les commissariats attaqués au mortier sans pouvoir répliquer. C'est voir les collègues abattus dans la rue, dans nos locaux. Devant chez eux. Égorgés. C'est voir certains d'entre nous complètement déraper. Trahir l'insigne, la République, la population. J'étais l'un d'eux à présent. Sitôt arrivé au central, je me suis précipité aux chiottes. Et j'ai gerbé tout ce que j'avais, tout ce que je gardais depuis des semaines, depuis la mort de mon père.

Revenu à mon bureau, j'ai trouvé une enveloppe

de papier Kraft. Ma femme l'avait déposée à l'accueil. J'ai reconnu son écriture, ample et déliée. À l'intérieur, j'ai trouvé un dessin de mon fils cadet. C'était une de ces maisons toutes simples qu'affectionnent les enfants. Des fenêtres en façade, une cheminée sur le toit – dont la fumée rejoint les nuages. Un grand soleil, et des fleurs presque aussi grandes que des arbres dans le jardin. Il avait aussi reproduit sa mère, son frère et lui dans ce jardin. J'en étais absent. De sa frêle écriture, il me disait ceci : « Quand tu n'es pas là, je parle avec mon éléphant. » Ce petit éléphant de feutre que je lui avais offert, et qu'il ne quittait jamais. Mon fils aîné, lui, m'avait écrit une chanson :

Est-ce que tu savais que je t'aimais, est-ce que tu savais que je t'aimais ?
Je voudrais t'emmener au-dessus des gens, t'emmener au-dessus du vent, oh yeah.
Est-ce que tu savais que je t'aimais, est-ce que tu savais que je t'aimais ?
Je voudrais qu'on se voie plus souvent, je voudrais qu'on s'appelle plus souvent, oh yeah.
Est-ce que tu savais que je t'aimais, est-ce que tu savais que je t'aimais ?

16.

La voix de ma mère sur la messagerie.

– C'est moi. J'ai cherché ce que tu m'avais demandé. J'ai trouvé quelque chose, tu sais, au sujet de Georges Bertrand. Tu me rappelles ?

Je n'ai pas rappelé ma mère. J'ai pris ma voiture et suis allé la voir.

J'ai toujours détesté ce trajet à travers la banlieue. Ce sentiment de revenir sur mes traces. Dans cette litanie d'immeubles sans harmonie, de pavillons gris, de maisons en meulière. Dans ce bloc immobile que la vie semblait ne plus atteindre. Mon enfance. Chaque fois, c'est comme retourner dans une forge où je m'étais trempé jadis. Où la violence de mon père m'avait laminé. Je m'y sens pareil à une lame faussée. Pris au piège dans le lacis de ruelles, les modestes avenues tranchées d'un coup par l'autoroute. Cette frontière entre les beaux quartiers et les autres. Entre les pavillons et les barres de HLM. Ces pèlerinages me ramènent toujours à ma condition originelle. À celle de mon père. Ouvrier spécialisé sur la chaîne, puis très modeste mécanicien en ville auquel on aura à peine laissé entrevoir la réussite quand il a voulu se prendre au jeu et vendre lui-même quelques véhicules neufs sous la bannière de la régie. En somme, je reviens toujours à ces pauvres vies qui se jouaient derrière les volets tirés. Les rêves dictés par la télévision. Les règles de survie délivrées à chaque gamin, du collège aux sermons des parents – quand ils en avaient encore la force : surtout ne rien désirer, ne jamais voir grand, pas d'ambition, tout cela, ce n'est pas pour nous. Je me souviens de mes profs, de leur manière de me retenir, de minorer mes résultats, affirmant qu'une première place ici ne pèserait pas lourd dans un grand établissement parisien. Les séides les plus zélés des pouvoirs en place. Ils veillent à ce que l'ordre règne. Ils façonnent des lignées d'esclaves. Et l'on s'étonne que les gamins n'y croient plus, qu'ils se révoltent et désertent ? Oublier tout ça. Anéantir le passé. Et pourtant… Je suis incapable d'effacer quoi que ce soit. Qui le peut ? Je suis incapable d'expliquer ce que je ressens. La honte et la haine. Mes parents, mes origines, mes racines. Magma, remugles, coaltar. Je me souviens du dégoût qui me prenait quand ma mère rentrait de ses ménages après la faillite de mon père. De son parfum, qui avait tourné. De cette mauvaise poudre mêlée de sueur. Idem quand mon père revenait au matin d'une nuit à l'usine. Sa peau grise, imprégnée des odeurs de l'atelier. Plastique, caoutchouc, vapeurs d'huile, de lubrifiants chimiques. Et leur silence… On leur avait volé jusqu'aux mots pour dire la tristesse, la fatigue, le poids du harnais. Même l'orgueil leur avait été retiré. Ils n'avaient que cela à opposer au monde. La fierté du travail bien fait, d'élever une famille, de tenir le coup jour après jour. Très vite, ils avaient compris que les machines feraient mieux et surtout plus vite qu'eux. Il leur restait, comme à mon père, le dépit, l'impuissance, la violence. Il leur restait, comme à ma mère, l'angoisse et le Xanax. Et pour leurs gamins, la came, les trafics. Les CAP, les BEP, ces passeports sans visas. L'exil intérieur.

Je viens de là, de ce monde étouffé. Mes origines ? Je voudrais les imaginer aujourd'hui sans vice. Je finirais bien par leur trouver de la vertu. La vertu, ce n'est que cela, c'est ce qui vaut pour la vie.

Je suis arrivé sur le parking au bas de l'immeuble. Des gamins tenaient déjà le mur, les halls. Les clients arrivaient, venus de l'autre côté de l'autoroute, des maisons avec jardins bien peignés. Une poignée de mômes partaient livrer sur leur scooter. J'aurais pu appeler les collègues. Mais j'étais d'ici, alors... Alors j'ai mesuré encore une fois comme j'avançais écartelé. Comme j'abritais un champ de bataille. L'ascenseur était en panne. J'ai grimpé l'escalier au pas de course. Quand je suis arrivé devant la porte, j'ai laissé passer quelques secondes pour reprendre mon souffle. Puis j'ai sonné. Quand elle m'a vu, ma mère a souri puis elle a tendu la main pour effacer la sueur de mon front. Alors, j'ai eu envie de la serrer dans mes bras, mais je ne l'ai pas fait.

Je l'ai à peine reconnue. Depuis la mort de mon père, elle semble avoir rétréci. Leur appartement aussi. Et puis, je comprends, elle a réduit sa vie à deux pièces. C'est cela, vieillir. Elle dort dans le salon, devant la télé, sur son fauteuil réglable. Peur de s'allonger. De ne pas se réveiller. C'est cela, commencer à mourir.

Nous nous sommes installés devant deux boîtes à chaussures, une poignée de photos, un calepin à la couverture mouchetée. Et quelques coupures de presse, des photos qui m'ont blessé. C'est par elles que ma mère a commencé, en les poussant vers moi, en m'incitant à les prendre en main, à les regarder.

– C'est là que tout a commencé pour ton père, en France…

« Là », c'est un bidonville aux lisières de Nanterre. Des baraques et de la boue, de mauvaises cabanes au milieu des flaques. Rien d'autre que des clapiers. Planches disjointes, parpaings de mortier mal ajustés. Des toits de tôle et presque pas de portes. Des bâches translucides, des rideaux de plastique à travers lesquels le monde, la vie flottent, incertains. Des carcasses de camions et de wagons – qui bordent les allées inondées. En arrière-plan, sur certaines photos, on aperçoit la voûte du Cnit. Très claire, très blanche. Un îlot de lumière inaccessible. Plus près, à quelques centaines de mètres, ce sont de grands immeubles, assez récents, où vivent les Français. Mais là, sur le terre-plein, sur les photographies que me présente ma mère, c'est la nuit au milieu du jour. C'est la pluie qui ruisselle, l'humidité qui ronge. Ce sont les premiers pas de mon père en métropole. Algériens, Marocains, Tunisiens, ils sont plus d'un millier de mômes, de femmes, d'hommes qui survivent là comme des chiens. Moins bien que les chiens. Chaque nationalité a son quartier parmi les taudis. Mais toutes vivent avec la peur. Voilà ce qu'elles partagent. La peur des interventions de la police, de leur brutalité. La peur aussi du FLN – le Front de libération nationale. C'est ce que racontent les articles de presse que mon père a gardés jusqu'à sa mort. Cette mémoire-là, dont il ne m'aura jamais parlé. Je parcours un nouvel article. Il relate la descente d'un groupe de policiers dans une « épicerie » du bidonville. Comment ceux-là ont fait entrer de force des Algériens dans le magasin de fortune. Les alignant, leur visage face au mur, les mains en l'air. Puis dévastant le commerce, jetant les fruits, les légumes, les poids de la balance contre les étagères, sur les étals. Frappant l'épicier d'un coup de crosse au menton. Je trouve aussi le récit du contrôle d'identité, où les documents sont déchirés, jetés dans la boue, foulés aux pieds. Idem avec les feuilles d'allocations familiales. À la moindre protestation, les coups s'abattent sur des civils considérés comme des ennemis. Le soir, dès le début du couvre-feu, ce sont les descentes, les rondes qui tournent au passage à tabac. La gueule en sang des Algériens, ce qui passe d'effroi dans leurs yeux. C'est un sentiment de crainte qui suinte de chaque image, de chaque regard saisi par l'objectif. Des femmes qui marchent tête baissée, qui se pressent de regagner leur masure, évitent tout contact, comme traquées. Il n'y a guère qu'une poignée de jeunes gens – des « Européens », comme on disait alors – qu'elles acceptent. Ceux-là viennent apporter le courrier, une aide pour remplir les dossiers administratifs, un peu de nourriture et d'argent aussi. Et puis il y a leurs hommes, les maris, les fils, qui rasent les murs de tôle et de mauvais torchis – amas de carton trempé et de boue. Qui craignent les brimades, les contraventions sans raison. Leur sentiment d'humiliation. Peut-être est-ce cela qui les tient encore debout ? Est-ce cette ultime fierté qui les pousse à sortir encore du bidonville, à aller travailler malgré la peur, en rentrant le soir, d'être arrêtés sur le chemin, emprisonnés quelques heures, battus ou jetés en cellule pour la nuit ? D'être transférés au fort de Vincennes, ou bien à Versailles pour de pires traitements encore ? La fierté, oui, mais d'abord la misère, la faim, l'instinct de survie. Mon père fait-il partie de cette troupe hantée qui se fraie un chemin à travers la boue, au milieu de mares glauques à la surface desquelles les taches d'huile dessinent des arcs-en-ciel dégueulasses ?

Oui, il était bien de ces hommes. Je trouve une lettre de son patron, Serge Buxi, propriétaire de la boucherie-triperie de la rue des Dames. Elle atteste que mon père est effectivement de ses employés, qu'il doit se présenter chaque jour avant l'aube à son commerce pour y travailler en tant que commis. Qu'il doit être ainsi exempté des rigueurs du couvre-feu imposé aux seuls Algériens. Une fiche de paie est agrafée à la lettre, pour preuve supplémentaire. Je reviens aux images. Aux visages tuméfiés. Et je me demande pour quelles raisons je n'ai jamais rien su de cette histoire. De ce qui se passait en France à l'orée des années 1960. Est-ce moi qui n'ai pas voulu voir ?

– Pourquoi il ne m'en a jamais rien dit ?

– Parce qu'il avait honte.

– Il y est resté longtemps ?

– De mars 1961 à juillet 1962.

– Il aurait pu en parler… Être fier du reste, de son parcours… Du nôtre.

Ma mère ne dit rien. Elle me regarde, m'observe avec intensité. C'est à moi d'assembler les pièces, de combler les vides, d'habiter les silences.

Je reviens aux images, aux articles. Trois initiales reviennent sans relâche. FLN. Ce sont les intimidations. Les irruptions violentes pour convaincre de force les habitants des taudis de rejoindre la grande manifestation du 17 octobre 1961. De ce que j'en lis, cette menace semble plus cruelle encore. Car si la police frappe sans distinction, sans connaître celles et ceux qu'elle soumet, le FLN, lui, connaît chacun des Algériens du bidonville. Il exerce alors une pression ciblée, à la fois personnelle et collective. Ceux qui sont considérés comme traîtres à la cause… Je tombe sur ce récit. Une grève des commerçants du bidonville ordonnée par le FLN. La police avait fait savoir qu'elle enfoncerait la porte de toute boutique aux portes closes. Le jour de la grève, les gardiens de la paix défoncent ainsi la porte d'un magasin fermé. Ils trouvent alors le corps d'un vieillard criblé de balles de revolver. Ils apprendront que le vieux avait déjà été victime de représailles du FLN pour n'avoir pas participé au défilé du 17 octobre. D'autres entrefilets, de courts articles, des brèves comme autant de tessons. Quels que soient les récits, les exactions, les saloperies, quel que soit le camp de ceux qui les ont commis, c'est la même impression. Celle d'être tailladé jusqu'au sang. C'est comme être soumis à un interrogatoire sans répit, qui n'omettrait aucune question, ne laisserait aucun recoin d'ombre. Et mon père, où se situait-il ? Quel était son camp ? A-t-il manifesté spontanément ? A-t-il été menacé de mort ?

Soudain, ma mère me tend une photo en noir et blanc qu'elle avait gardée près d'elle. On y voit un homme jeune, à peine sorti de l'adolescence, vêtu d'une sorte de chasuble de toile épaisse. Blanche et maculée de sang. Sur son épaule gauche, il porte un mouton écorché. Sur son visage, l'expression d'une âme dure. La photo est prise au grand-angle. Dans le cadre, on peut voir une baraque de ciment. Sur le mur, une inscription à la craie en majuscules et en français : « Boucherie ». À droite des grandes lettres blanches, une ouverture rectangulaire. Le comptoir. C'est vers cette baraque que le jeune homme se dirige. En arrière-plan, je discerne un couple d'hommes sur un frêle échafaudage. À l'aide de plaques de tôles ondulées, ils renforcent le toit d'une bicoque de briques et de planches. Puis la silhouette d'une gamine, déformée par le poids d'un sac à provisions. Je reviens au jeune type. Il avance bien droit, l'air têtu, malgré la charge de la bête sur son épaule. Il y a ce regard aussi. Très direct, très franc. Malgré l'époque, les circonstances, le bidonville. Comme s'il connaissait celui qui, derrière son boîtier, saisissait l'instant. Un regard que j'aurais reconnu entre mille. À soixante ans d'écart, mon père m'observait, me défiait. Ma mère a senti mon trouble, alors elle m'a enlevé doucement l'image des mains pour la retourner. Au dos de la photo, je discerne un tampon gravé au nom du photographe.

Georges Bertrand.

17.

Il y a des enquêtes, comme celle-là, dont on n'est pas fier. Même pas des enquêtes, d'ailleurs. Ce n'est pas qu'elles soient bâclées, ni que nous bafouons les procédures. Non. C'est autre chose, de pire encore, et qui nous fout la gerbe. Leur répétition, leur banalité. Des affaires courantes, désormais. Cette lassitude, je la lis sur le visage de la présidente de la quatorzième cour, dans les yeux de la procureure de la République, et même sur les traits de l'avocat du principal prévenu. C'est moi qui ai arrêté ce petit enculé. Ali Boumahcene, déféré ce jour en comparution immédiate – ou presque – alors qu'il devrait passer aux assises. Il sera jugé juste après une affaire de vol de pompes à chaleur. Et ça aussi, ça me file la gerbe. Une justice qui croule sous les dossiers n'a plus le temps de bien les traiter. Qui pratique l'abattage. Et qui s'en veut, aussi. Tout cela, il est inutile que je l'explique aux juges, à la greffière, aux baveux. Pour le coup, nous avançons tous sur le même rafiot. Et les vagues dans la gueule, nous les prenons de la même façon. Tout ce que je pourrais dire…

L'odeur dégueulasse qui m'a sauté au nez quand je suis entré dans la chambre de l'hôtel Iliadis, à deux pas de la porte de Saint-Ouen. Les restes de burger dans leur enveloppe de papier gras, les morceaux de pizza dans les cartons ouverts, et puis les remugles de shit, de sueur. De foutre. Les capotes pleines à même le sol, les tubes de vaseline. Et les deux gamines. Douze et 13 ans. Qui enchaînent les passes au quart d'heure pour quarante balles. L'une d'elles est si belle. C'est à en chialer. Une jeune fugueuse que l'on venait de retrouver grâce à l'appel d'une commerçante du quartier, qui l'avait entraperçue à la fenêtre de l'hôtel. Je me souviens qu'elle avait dissimulé sous le lit un lapin en peluche. « C'est mon doudou », voilà ce qu'elle m'a dit.

En tanga et débardeur, les seins drus et des bleus sur les bras, les épaules, la nuque, là où les mecs la maintiennent entre leurs poings quand ils la prennent. Qu'ils soient en missionnaire ou qu'ils l'enculent. Les collègues en ont chopé trois ou quatre qui attendaient leur tour dans la chambre à côté. Qui jouaient à la Play avec le proxo des deux mômes. Proxo est un bien grand mot pour cette raclure. La vingtaine, à peine. Boumahcene est interdit de territoire depuis trois ans. Un casier assez profond. Stups, vols avec violence, agressions. Il se pose en protecteur, assure que ce sont les gamines qui lui ont demandé de l'aide, qu'elles voulaient vraiment faire la pute. Lui, il allait simplement acheter les capotes et les tubes de vaseline. « Gérait » les appels et les rendez-vous. Sur son portable, on a retrouvé autre chose aussi. Des messages. Une femme – que l'on n'a pas pu identifier – qui proposait à Boumahcene de lui vendre une autre gamine. Le prix ? Huit cents euros. « Je la fais déjà bosser avec un pote à moi. Elle est hyper-rentable. Si je te la vends, t'auras aucun problème… » Cette gosse-là aussi, elle était jolie. Fugueuse ? Enlevée ? On n'a jamais su, on ne l'a jamais retrouvée. On a diffusé les photos extraites du portable, et puis on a laissé courir. Pas le temps, pas de moyens, pas d'indics sur ce coup-là. Elle ne ressemblait pas non plus à l'inconnue du chantier. Affaires, procédures en cours…

Dans son box, Boumahcene continue son numéro. Se plaint que les filles tchatchaient trop, l'emmerdaient pendant qu'il jouait à FIFA avec ses potes, avec les clients qui lui remettaient, à lui seul, le pognon des passes.

– Je voulais pas qu'on leur pique, dit-il. Ni qu'elles dépensent tout en conneries.

Même son avocat paraît soudain accablé. La présidente demande :

– Dans quel monde vivez-vous, monsieur ? Vous comprenez que nous parlons ici de traite d'êtres humains ?

C'est au tour des gamines de raconter leur pauvre vie, avant… Mariam vient d'une famille sans histoires, comme on dit. Ses parents travaillent, vivent dans une cité de Garges. Elle collectionne les fugues. Plus de trente en un an. Elle ne se remet pas d'un viol collectif perpétré dans les caves de son immeuble. Tous les jours, en rentrant du collège, elle croisait ses agresseurs. Leurs insultes, les crachats, les menaces. Elle n'a jamais déposé plainte. Tout à coup, les larmes la submergent. Boumahcene a l'air de se marrer. Je le regarde. Je pourrais le tuer. Si j'en avais le droit, je le buterais.

Puis la procureure précise avant de commencer son réquisitoire :

– Nous jugeons ici notre cent deuxième affaire de proxénétisme en douze mois… Nous ne devons pas nous y habituer, jamais. Nous ne devons pas juger à la va-vite. Nous devons refuser de banaliser l'exploitation sexuelle. C'est notre devoir, oui. Notre rôle, et il nous oblige. Chaque année, ce sont dix mille enfants, des enfants qui, comme Mariam, en sont victimes…

Elle requiert cinq ans de prison ferme et dix ans d'interdiction de territoire pour Boumahcene.

J'attends le jugement dans la salle des pas perdus. Le père de la gamine s'approche. Il me tend la main, la serre avec force et, sans la lâcher, en me regardant droit dans les yeux, en me dévisageant avec une sorte de fierté, même de tendresse, il me dit :

– Tu nous fais honneur, fils.

S'il savait pourtant comme j'ai honte. Comme j'ai le sentiment, la certitude d'avoir trahi.

Le jugement tombe enfin : quatre ans de prison ferme avec mandat de dépôt. Huit ans d'interdiction de territoire.

Je quitte le Palais de Justice avec la même envie de dégueuler. Plus rien ne m'apaise. Je sais que j'ai échoué à sauver tous ces mômes. Elle était là, ma vocation, au début… Je voulais les empêcher de tomber, les protéger. Les aider à se relever. J'aurais pu, aurais-je dû, devenir éducateur. Mais il y avait tellement de colère, de violence en moi. Je retrouve la rue, les silhouettes masquées qui ploient l'échine, qui avancent, indifférentes.

Quel est ce pays qui laisse ainsi ses enfants pleurer, appeler, qui laisse ses enfants crever ?

18.

Je marche à travers Paris. À travers la nuit. Les os glacés, les mains dans les poches et le visage dissimulé sous une casquette, comme si j'avais honte, que je devais me cacher. Mon image tremble sur les écrans de contrôle. Je sais bien où sont placées les caméras. Deux SDF dorment étendus au bas d'un distributeur de billets. Un bras, une main, un pied dépassent du sac de couchage de fortune. Ongles noirs et blessure infectée à la cheville droite. Un peu plus loin, au pied d'une affiche, ce jeune mec perdu. Il porte une veste de peau fourrée, col en mouton, un jean lacéré au-dessus du genou gauche, des pompes aux semelles rafistolées à l'adhésif. La semelle droite est fendue. Il garde les yeux baissés, la main sur son sac à dos. Un sac de montagne en toile et lanières de cuir. Les poches latérales sont à moitié arrachées. Couleur sans nom, rongée par la crasse. Ses cheveux sont trop longs, sales, emmêlés. Barbe blonde tachée de sang coagulé – une plaie à la pommette gauche. L'arcade déchirée du même côté. Le teint brûlé par le froid, la pollution. Je ne peux détourner mon regard. Je voudrais lui venir en aide, je pourrais le rouer de coups. Je le reconnais comme un frère. Mon meilleur ennemi. Je n'ai pas besoin d'imaginer longtemps son parcours. Cela aurait pu être le mien. Il s'en est fallu de peu. Ce rétablissement-là, juste avant de franchir la ligne qui sépare la liberté de l'errance, la soumission de l'action, à l'instant de passer la frontière sans espoir de retour, est le plus difficile. Je suis fasciné par ce môme. J'aimerais m'approcher de lui, le prendre dans mes bras, le relever. Je remarque les croûtes sur la crête de son poing droit, phalanges éclatées. Bagarres sans fin. Je connais aussi. Contre quoi ? Un mur de pierre, une paroi, un miroir ? Le regard d'un homme dans la rue, une bousculade, le jugement sans appel des vies normales.

L'inconnu bouge un peu, remonte le col de sa veste. Sous ses cuisses, une tache brune. L'odeur de saleté, de pisse. Les types comme lui, s'ils sont faibles, ils peuvent s'éteindre. Enfin, il ouvre les yeux, lève la tête, l'air surpris. Il ne reconnaît rien. Même la présence de son sac à dos l'étonne. Du doigt, il caresse les coutures abîmées. Un frisson parcourt ses épaules, un long tremblement de larmes ravalées. Cette brûlure. L'épuisement, la tristesse, l'exil sont une seule chose pour lui. Un poids au fond de la poitrine. Le jeune mec s'est levé, titube un instant, son sac à la main, reprend son équilibre, s'adosse au mur. Sa gueule hirsute et blonde, il faut que je m'en détourne. Pourtant, je reste là, pas tout à fait immobile mais incapable du moindre mouvement. Je ne m'obéis plus. Je le dévisage enfin, je le regarde dans les yeux. Rien ne nous épate vraiment, une fraction de seconde au moment du choix, un instant d'inattention, et la vie vous glisse entre les doigts. Le destin n'y est pour rien, c'est affaire de volonté, d'engagement. Pour l'heure, je suis encore du bon côté. Pour combien de temps ? Lui et moi, on s'interroge, et cependant nous savons déjà la fin. Il faudra concentrer toute son énergie, planter fort chaque pied dans la glaise, la neige, sur le bitume. Tenir. Enrayer la chute. Il ne s'agit pas d'autre chose. Tenir. Retrouver la trace de mon père, le pister, cela m'aidera. Les hommes reviennent sur leurs pas, non par nostalgie, mais parce qu'ils ne savent plus où aller.

Nous sommes toujours face à face. La solitude de l'autre, sa détresse, je peux les sentir, elles me transpercent. Je voudrais rejoindre mon camarade, le ramener à bon port. Il est mon messager, je viens de le comprendre soudain. Mais il a pris peur, il a dû sentir le flic en moi. J'ébauche un geste de la main. Pâle sourire sur lèvres sèches.

Je marche encore. Je retrouve la gare, toujours celle-là, j'ignore pourquoi. Un nouveau message sanitaire se répand dans les couloirs. Le port du masque obligatoire, les gestes barrières, le passe vaccinal et l'amende passée à trois cent cinquante euros. Comme s'il fallait nous prévenir. Mais de quoi ? Quels dangers ? Nous les connaissons tous. Nous avons dressé nous-mêmes les frontières qui désormais nous éloignent. Nous avons forgé nous-mêmes la clef de nos cellules. C'est obéir qui nous sauve.

Je quitte la gare, je prends une chambre, plus haut, rue Cardinet. Je m'éloigne, je m'éloigne.

Je ne dors pas. Je pense à ces victimes qui sont devenues les miennes, que je n'ai pas pu sauver, dont j'ai laissé les meurtriers s'échapper. Par les vitres ouvertes, la voix monte, plaintive, jusqu'à ma fenêtre. À peine étouffée par un bref coup de vent dans les branches, par le fracas d'un train quittant Saint-Lazare. Le rideau tremble à la fenêtre, quelques lueurs frémissent au mur. Les zébrures des phares. Combien de nuits encore à guetter les bruits, les rumeurs, et chaque éclat de lumière au plafond ? Avant de recouvrer le sommeil. Avant de retrouver mon père.

Une jeune femme pleure cette nuit aux Batignolles. Quelques mots saisis au vol :

– Mais pourquoi tu me fais toujours de la peine comme ça ?

Il n'y a pas de réponse. Un bruit sourd, un objet qui roule sur le trottoir, jusqu'au caniveau.

– Mais pourquoi tu me fais toujours de la peine comme ça ? Dis-moi…

Un long silence. Allongé sur mon lit, je crois un moment avoir rêvé. Une bagnole accélère, un train passe encore de l'autre côté du jardin. Je me lève et me poste à la fenêtre, écartant à peine le rideau. Je la vois tout de suite. Adossée au mur, juste en face. Marque sombre contre la façade. Une longue veste noire. Brune aux yeux baissés, du mascara sur les joues, et les genoux qui ploient lentement. Elle se laisse glisser à terre, lève les yeux vers la silhouette en blouson postée au-dessus d'elle, un casque à la main. L'autre casque a roulé dans le caniveau. Il brille sous le lampadaire. Comme elle lui parle, le type se redresse soudain.

– Pourquoi tu cherches toujours à m'humilier ? Je ne suis pas assez bien pour toi ? Je ne t'aime pas assez bien ? Je suis fatiguée, tu sais, fatiguée…

Sa voix n'est qu'un murmure. Déjà, il s'éloigne. Il ramasse le second casque. Les chromes de la bécane luisent un peu plus bas. Alors elle a encore cette phrase, qui n'est plus une question, mais une condamnation :

– Mais pourquoi tu me fais toujours du mal comme ça…

De la fenêtre, je vois ses épaules se soulever. Elle chiale sans bruit. Comme on laisse le sang s'écouler. La vie vous laisser. Le rideau retombe. Je m'allonge sur le couvre-lit. Étendu, un gisant aux yeux grands ouverts, avec ce poids dans la poitrine, cette tenaille au cœur. Le sillage de douleurs, de chagrins, de deuils que nous avons abandonnés derrière nous, moi et mon père.

19.

C'est un enregistrement de nos services. De l'Igpn. Et pour moi, c'est comme une brûlure. Comme être tatoué, marqué de force. Le fer, l'acier, qui pénètre dans la chair, profondément, jusqu'au cœur peut-être, et plus loin encore.

La rumeur courait depuis quelques semaines. Des collègues, des gardiens de la paix de la compagnie de sécurité, la CSI 75, groupe Alpha 2, se trouvaient dans la ligne de mire. Toute une série d'interpellations brutales à la faveur des couvre-feux. Pire que ça encore. Les types étaient basés au central, je les connaissais, je les connais. J'en appréciais certains. De bons flics, impliqués, assez de sang-froid et de discernement. C'est ce que je pensais. Alors, les rumeurs, j'avais préféré ne pas les entendre. L'esprit de corps, disons. Ceux qui ne savent pas appellent ça l'« omerta ». Je m'en fous. Je n'ai pas voulu y croire, c'est tout. Et peut-être aussi parce que je savais que c'était vrai, que ces rumeurs étaient fondées. Et Manu, non plus. Et Manu, comme moi. Il faudra que je l'appelle. Cela fait des jours que je dois le faire.

Aucune nouvelle de lui. Il doit s'être enterré dans la fermette de l'Yonne, près de Sens, qu'il retape depuis des années. J'ai l'impression que tout se disperse, s'efface autour de moi. Ou bien est-ce moi qui m'éloigne, inexorablement ?

C'est un enregistrement à fragmentation – comme on le dirait d'une grenade. Il est arrivé hier soir sur ma messagerie, alors que je commençais mon service. Expéditeur inconnu, protégé par un VPN j'imagine. Je ne suis pas le seul à l'avoir reçu. Avec ces quelques lignes : « Dans *Libé* demain matin. » Alors j'ai branché mon casque et j'ai écouté, seul dans mon bureau.

Ils sont cinq. Cinq flics dans leur Renault Trafic. Le son est clair, chaque mot, chaque phrase résonne distinctement. Ils viennent d'interpeller un jeune mec qui ne porte pas son masque, qui marche dans la rue bien après l'heure du couvre-feu. Il est 22 h 30. On comprend que le jeune a cherché à fuir devant les collègues – qui l'ont rattrapé et jeté de force dans le fourgon.

– Vas-y, rentre-lui les jambes, à ce bâtard.

– On va l'enculer, on va l'enculer dans le TC.

– Ouais, vas-y, ferme la porte et encule-le, ce bicot.

On entend des bruits de coups, de gifles. Le type essaie de se protéger.

– Arrêtez, arrêtez, putain j'ai rien fait !

– D'une, tu m'as fait courir, salope. De deux, t'as fait une transac. De trois, tu vas arrêter de te plaindre, fils de pute.

– S'il vous plaît, j'ai rien fait, j'vous jure.

– Tu jures pas, enculé de ta race ! On le sait que les Arabes ont pas de parole. Alors ta gueule ! T'as quelque chose sur toi ? Qu'est-ce qu'on va trouver quand on va te foutre à poil, salope ?

– Mais rien ! J'ai rien ! J'vous ju…

Les bruits de coups reprennent. Les gémissements de l'interpellé.

– On t'a déjà dit de pas jurer, enculé.

Puis la voix d'un autre :

– Fais juste gaffe qu'il soit pas trop abîmé, au cas où il faudrait le déférer…

Le premier reprend, gueule encore sur le jeune mec :

– T'as du sang sur la gueule, suceur de bites, t'as du sang sur les mains, c'est ça ? T'as le das', hein, le sida ?

– Putain, y a du sang partout, dit l'autre.

– On s'en branle, on va le tuer, ce bicot. Tu sais qu'on va te tuer, hein ? On va t'enculer d'abord, et puis on va te tuer.

– Ouais, c'est exactement ça, on va te pendre. Ou te noyer, je préfère ! Tu sais pourquoi ?

– Mais c'est pas moi, c'est pas moi !

– Mais si c'est toi, on sait que c'est toi. Et c'est pour ça qu'on va te noyer, fils de pute ! Tu le sais qu't'es une vraie petite pute ?

– T'es bien qu'un p'tit vendeur de merde.

– Mais non ! Non, j'vous dis !

Les bruits de coups. On comprend que le type est au sol. Que les mecs s'acharnent à coups de latte dans sa gueule. Le gamin hurle :

– Pas la tête, putain, pas la tête, non !

– Allez, on l'emmène ! On le jette à la Seine, c't' Arabe.

– Il va couler direct ! Un bicot comme ça, ça nage pas...

J'ai arrêté là. J'ai reconnu cette voix, la dernière. Chris. Un jeune que j'aime bien, qui semblait avoir compris le sens de sa mission. Je l'ai croisé en arrivant. Je me lève, quitte mon bureau, gagne la salle de repos. Il est là, parmi ses collègues. Souriant, détendu. J'ai déjà rencontré sa femme et ses enfants. Je m'adresse à lui :

– D'après toi, je sais nager, moi ?

– Quoi ?

– Je suis un bicot, moi aussi, tu savais pas ? Alors d'après toi, je sais nager, ou pas ?

– Oh, me casse pas les couilles, Capitaine. On a le droit de décompresser de temps en temps...

– Pas comme ça, non, pas comme ça.

– Je décompresse comme je veux, tu m'entends ? Tu m'entends ?!

Soudain, il pointe son doigt vers moi. Comme le faisait mon père.

– Enculé de harki, va !

Alors je deviens fou. Je le frappe, il tombe. Je me jette sur lui, coups de poing. Je me relève, coups de pied dans les côtes, dans la gueule. Je n'entends même pas les collègues tout autour. Ils m'attrapent, me retiennent, je me débats, je hurle, je suis devenu dingue, je perds le contrôle. Ils m'emmènent. Et je sais que c'est une nouvelle nuit qui vient pour moi. Avec la certitude que je mettrai longtemps à m'en extirper.

20.

Est-ce moi, ou bien elle, qui a appelé ? Nous sommes au milieu de la nuit, égarés tous les deux. À l'instant où je pose mon oreille contre le portable, je comprends que j'ai eu tort.

– C'est toi, Vincent ?

J'ai reconnu sa voix, et su que je ne dormirais pas.

Je m'assois au bar, me cale dans un coin à l'abri des regards pour l'attendre. L'instant d'après, Zeïna est devant moi. Elle sourit, pose sa main sur ma joue. Nous nous reconnaissons. Passagers de la nuit.

L'établissement est encore assez célèbre. Les touristes se mêlent aux rentiers, les promeneurs, aux pickpockets et les putes, aux noctambules, aux insomniaques, dont les yeux inquiets se perdent au-delà du comptoir. Le vide à portée de main. Il suffit d'un verre pour sombrer, d'une taffe, d'une ligne pour s'échapper encore.

Elle s'assied à ma droite. De l'autre côté de la vitre, un type en bras de chemise, la quarantaine, va et vient sans interruption, lance un regard appuyé à Zeïna à chacun de ses passages. Je finis par plaquer ma carte tricolore contre le carreau. Le type prend la tangente, disparaît dans la nuit. Zeïna éclate d'un rire sonore, qui se brise d'un coup. Je songe à du verre pilé.

– Les mecs, vraiment ! Pas un pour racheter l'autre, tu crois pas ?

Je garde le silence, la dévisage. Elle a changé. Elle se maquille désormais. Je lui trouve une mine affreuse. Les yeux cernés, un regard assombri que le mascara creuse davantage. Et ce pli amer à la bouche, que le rouge à lèvres carmin ne redresse pas, qui l'accuse même et lui donne l'allure d'un clown exsangue. Je reconnais ce rictus – Manu, tous les autres, les putes comme les vigies le portent aussi. La marque de la rue. Je lui adresse un regard perçant, elle baisse les yeux. Ma voix est dure, sans intonation.

– Qu'est-ce que tu prends ? T'es passée à la vitesse supérieure, ou quoi ?

– Ça va, hein… Surtout pas de morale, pas toi, Vincent.

Elle me fusille du regard, vide d'un trait le verre que le serveur vient de placer sur le zinc. Café pour moi. Elle se rince la bouche, étouffe un haut-le-cœur.

– Je m'y ferai jamais. C'est vraiment trop dégueulasse.

Elle ronge la rondelle de citron qui ornait son verre, grimace encore un instant.

– Les capotes… Je peux quand même pas arrêter de sucer.

Cet éclat soudain dans ses yeux. De la colère, de la rage. Cette sorte de dépit violent, ce sentiment d'injustice et de révolte qui brûle ceux qui refusent d'aller à genoux. Et puis les lueurs du bar qui l'atteignent de plein fouet et lui donnent ce teint de cire, ce masque guerrier, hors du temps.

– Et si tu rentrais chez toi, Zeïna ?

– Sérieux, tu me vois installer mon petit business à la maison ?

– Tu n'es pas obligée de faire la pute.

– Je ne suis pas certaine de savoir encore faire quelque chose. Ni de trouver du boulot. Ou de le vouloir vraiment, au fond. Je ne suis peut-être plus bonne qu'à ça ! Quand on a touché au fric, tu sais... Disons que j'attends d'en avoir suffisamment pour me barrer.

– Où ça ?

– Je sais pas. Loin. Loin...

Je ne cherche pas à la convaincre. À quoi bon. Je ne me sens pas en état de juger. Et peut-être était-elle perdue en effet, comme chacun d'entre nous, tous ceux que la nuit recueille soir après soir. Elle doit connaître les mêmes sensations que moi, l'impression de revêtir une sorte de manteau au moment de se fondre dans le noir, d'exister davantage tout en s'effaçant. Une façon de se consumer, comme on plonge dans un bain d'acide sans plus sentir la brûlure. Et lorsqu'on ne sent plus rien, alors la fin n'est plus très loin. C'est bien ce que nous cherchons, non ? Je garde mes réflexions pour moi. Reprendre le cours de sa vie, garder le cap.

– Tu voulais me voir, Zeïna ?

Un nouveau regard, plus dur, plus violent encore.

– Des filles disparaissent depuis quelques semaines. On sait pas où. Ce sont pas des professionnelles, tu sais. C'est cette génération. Pour elles, c'est rien, pas grave, ni rien… Ce sont des gamines, Vincent ! Alors j'ai pensé que tu pourrais peut-être…

– Tu songes à quelqu'un en particulier ?

Elle sort une photo de sa pochette en lamé. Me la montre sans la lâcher.

– C'est Sandra. Elle couchait pour s'acheter des fringues, des conneries… J'essayais de l'aider, tu comprends. Elle pouvait venir dormir à la maison quand elle voulait. Le frigo était plein. J'ai vraiment essayé, tu sais. Vraiment.

– Je te crois, ma belle. Je te crois.

La colère de Zeïna, son intensité, ses lèvres tremblantes soudain.

– Tu sais avec qui elle traînait ?

– Je suis pas sûre. Elle me parlait parfois de mecs des beaux quartiers, avec d'immenses bagnoles. Ça la faisait kiffer, tu vois le genre. Mais pour elle, c'était mieux que ça encore : pas seulement une question de pognon. C'étaient des mecs qui avaient du pouvoir. Un soir, elle en a reconnu un à la télé. Une sorte de député, ou de ministre… Ou alors un banquier. Tout ce que je sais, c'est que c'était pas sain. Trop de fric, trop de came, et puis en plus ils voulaient jouer. C'étaient des mecs entre eux. Des meufs parfois, leurs femmes ou leurs copines. Ils se partageaient les filles et les garçons – des petits rebeus souvent, qu'ils chopaient dans la rue. On disait que certains, on les revoyait plus jamais traîner, après. Et vous, vous, les flics, vous n'avez rien fait pour empêcher ça. Pour retrouver les gosses.

Je songe au môme crucifié, à la partouze chez Jean-François Keller. Aucun juge d'instruction n'a encore été nommé. J'en ai marre de tout ça. De mon boulot, d'être flic. Une enquête de police, ce n'est pas ce qu'on croit. La plupart du temps, quand ce n'est pas la chance, ce sont les indics qui résolvent les affaires. Le rôle des flics ? Taper des procédures impeccables, qu'aucun juge d'instruction, qu'aucun avocat ne pourra torpiller. Rien qui excite, rien de bandant. Des enquêtes de voisinage, des auditions qui débouchent parfois sur un interrogatoire, une garde à vue. En près de quinze ans, j'ai vu défiler devant moi une succession de paumés, des histoires terribles et simples à la fois. Des enfances en lambeaux qui donneront des victimes effarées ou des tueurs ataraxiques. La colère de Zeïna me ramène à la réalité.

Le silence s'installe entre nous, inexorablement. Quelque chose qui sépare. Mais quoi ? La fatigue me mord les reins. Zeïna tire ses cheveux en arrière. Renverse son visage. Sous la lumière crue du néon qui efface les détails, la dope, la fatigue, elle est très belle. Seuls les yeux disent la solitude, l'errance, la perte.

– Tu me laisses la photo ? Je vais voir ce que je peux faire…

Je n'y crois même pas moi-même. Alors, voilà ce que je me dis : une fois au moins, sauver quelqu'un.

21.

Un notaire m'a laissé un court message. Il souhaite me voir pour évoquer la succession de mon père. Nous prenons rendez-vous. Demain en début d'après-midi. Le matin, à 8 heures, je suis convoqué rue Antoine-Julien-Hénard, au siège de l'Igpn… Puis j'ai appelé ma mère à propos d'une espèce d'héritage. Je voulais savoir si mon père lui avait parlé de quelque chose, s'il avait pensé à moi. Je m'entendais la questionner à ma façon toujours un peu abrupte lorsque je m'adressais à elle. Comme si je craignais toujours que mes sentiments affleurent, m'affaiblissent. Mais il y avait autre chose aussi, que je voulais masquer, et qui m'a surpris. Ma curiosité. Une sorte d'espérance. J'ai longtemps cru que le seul legs de mon père serait la violence. La violence et la peur. Elle n'est au courant de rien. Ou bien elle veut encore préserver le secret. Ménager l'une de ces surprises qu'on destine aux enfants. Peut-être surtout parce qu'elle n'a pas renoncé à son illusion. À maintenir son univers, tout ce qui lui reste de vie, dans cette période éphémère où mon père ne me frappait pas encore, où nous étions une famille, quand nous nous étions presque approchés du bonheur. Parce que le môme que j'étais alors, elle peut encore le saisir au fond de mes yeux, dans l'intonation de ma voix parfois, quand je baisse la garde, dans un geste mal maîtrisé. Ainsi, je ne peux lui donner tort. Je sais qu'un enfant demeure en moi – que je voudrais dissoudre.

Alors qu'elle me parlait encore, et que je ne l'écoutais plus vraiment, j'ai ressorti de leur pochette les images de Georges Bertrand. Je les ai placées à côté des coupures de presse et des articles que j'avais retrouvés sur le Web et imprimés. La voix de ma mère d'un côté et, face à moi, sur mon bureau, un kaléidoscope en noir et blanc. Comme si j'essayais de conjuguer le passé au présent. Comme si mon père m'avait fixé rendez-vous, lui aussi. Les témoignages des habitants du bidonville me donnaient une impression assez précise de ce que devait vivre mon père alors. Son quotidien sous le joug.

Ce sont ces femmes marocaines, le front, les mains tatoués, qui se confient au reporter du *Monde* : « Il y a une quinzaine de jours, des harkis ont brisé à coups de crosse la vitre de notre fenêtre. Ils ont frappé notre oncle, ont regardé dans son portefeuille. Lorsqu'ils lui ont rendu ce portefeuille, trois cent mille francs manquaient. Notre oncle est allé se plaindre au commissariat. Il a été rossé. » « Les harkis ont également crevé les pneus de la voiture de notre voisin », affirme une autre. « Notre père a été frappé par trois inspecteurs l'autre matin », dit une dernière. « Et si l'on se plaint, ajoute-t-on, on s'entend répondre : "Si vous n'êtes pas contents, retournez chez Hassan." »

D'autres évoquent leurs blessures. Visages marqués, nez brisés, pommettes, arcades ouvertes. Les sparadraps, les morceaux de gaze, les bandes Velpeau dissimulent mal la peur. Car c'est bien la peur qui vient sourdre des photographies de Georges Bertrand, des récits enregistrés par Michel Legris, le reporter du *Monde*. L'effroi qui saisit les témoins lorsqu'ils consentent à parler des disparitions qui ont suivi la grande manifestation du 17 octobre. C'est celui-ci qu'on n'a jamais revu après qu'il est parti chercher de l'eau à la borne-fontaine. Une femme, une Algérienne, rapporte ceci : « J'ai entendu des hommes hurler dans des cars de police où ils étaient enfermés à proximité du bidonville. » « Trois corps d'Algériens du bidonville, mitraillés par la police, ont été rapportés sur un terrain vague », dit une autre. « Il y a des rumeurs aussi. L'autre soir, témoigne une femme, le bruit a couru que les policiers allaient incendier le bidonville. On a vu des gens préparer leur baluchon et s'apprêter à s'enfuir. »

Toutes, tous, ils vivent dans la peur. Cette peur, je la connais. Elle est celle aussi, souvent, de nos prévenus.

Et puis il y a ce commentaire d'une autre, qui sonne comme un jugement, un regret aussi : « Ici, c'est comme là-bas. »

Alors je comprends. Cette population prise dans un étau. La police française d'un côté, en face le FLN. Considérée comme ennemie par l'une, comme traître à la cause par l'autre. Une femme, algérienne là encore, résume parfaitement la situation en évoquant la manifestation du 17 octobre : « Ceux qui voulaient y aller y sont allés. Ceux qui ne voulaient pas y sont allés aussi. »

S'ils sont réticents à dénoncer les exactions de la police, les Algériens le sont davantage quand on les interroge sur le FLN et les manifestations. Un homme confie cependant à Legris : « Je n'y suis pas allé, je me suis caché chez moi. »

D'autres ont fait de même. Avec l'aide de leurs épouses qui, le 18 octobre, racontaient à travers les sentiers, les allées boueuses que leur mari n'avait pas réapparu.

Je livre tous ces récits à ma mère, lui commente les photos, les lui décris encore. Et puis je demande :

– Et lui, tu sais ce qu'il a fait ? S'il y est allé ?

– Je n'en sais rien, vraiment. Tu sais bien qu'il ne parlait jamais du passé. Pour lui, c'est comme si sa vie commençait quand nous nous sommes rencontrés.

Je lui raconte ce que je viens de lire, et que j'ignorais. Il faudra dire comme j'ai honte soudain de cette ignorance. Je lui dis, et lui apprends peut-être aussi, comme ceux qui refusaient de se rendre au rassemblement du FLN étaient menacés de mort. Quant aux femmes réfractaires, elles devaient s'acquitter d'une amende de trente mille francs. Les plus rétives étaient menacées d'être égorgées. Alors souvent, à la question de savoir si le peuple du bidonville était bien présent à la manifestation, la réponse la plus fréquente est celle-ci : « Oui, nous y sommes allés. Il fallait que le bidonville y soit ce soir-là. »

– Ça ne te dit vraiment rien, à toi ? je demande à ma mère.

– C'est loin, tout ça, tu sais. Et puis, ton père…

– Mais toi ? Toi ! Tu as bien des souvenirs de cette époque, non ?

– Il y avait les journaux, oui, bien sûr… Mais je n'ai rien voulu voir, rien voulu savoir, voilà !

Alors je lui parle de la façon dont ont été traités les femmes et les enfants qui ont participé à la manifestation des femmes. Je lui lis le récit de cette inconnue venue, comme mon père, d'Algérie : « On nous a apporté un seau d'eau et un seau de lait pour nos enfants. C'est le soir seulement que l'on nous a donné un peu de nourriture. Dans la salle du commissariat où nous avons d'abord été enfermées, les murs et le plancher étaient tachés de sang. Lorsqu'on nous a relâchées le soir, j'ai voulu prendre un taxi. Les chauffeurs ne voulaient pas s'arrêter. »

Je lui parle de cet homme qui confie au journaliste : « On nous a convoqués un soir dans une maison pour écouter le récit d'un Algérien qui avait été jeté dans la Seine avec vingt-cinq camarades. »

J'entends la respiration lourde de ma mère au téléphone. Ou bien est-ce la mienne. Ou encore celle de mon père surgissant d'un coup entre nous, d'entre les morts et les oubliés.

– Mais tu ne sais vraiment pas, ce qu'il a fait, de quel côté il était… papa ?

Elle ne répond pas. Je la laisse à ses souvenirs, à son amnésie. Je raccroche pour composer le numéro de Georges Bertrand. Le tampon indique le nom d'une société, peut-être d'un magasin, boulevard Beaumarchais. L'Instant décisif. C'est un homme qui décroche à la troisième sonnerie.

– L'Instant décisif, oui, bonjour…

– Bonjour, j'aimerais parler à M. Georges Bertrand.

Un long silence.

– Allô ?

– Oui, je suis là.

– Êtes-vous Georges Bertrand ?

– Non… C'est mon père. C'était… Il est décédé l'an dernier. Mais qui le demande ?

– Mon nom ne vous dira probablement rien. J'ai trouvé dans les affaires de ma famille des photographies avec le nom de votre père tamponné au dos. De très vieilles images. Du début de 1961.

– J'entends bien, mon père était photographe, mais vous, qui êtes-vous, monsieur ?

– Je suis le fils de Khalil Hoherdan.

– Il est arrivé quelque chose à Khalil ?

– Il est mort il y a quelques semaines. Vous le connaissiez ?

– Je suis désolé, vraiment. Mon père l'aimait profondément. Nous l'aimions tous, nous lui devions beaucoup, vous savez.

– Non, je ne sais pas…

– C'est une très longue histoire. Venez me voir au magasin. Vous avez l'adresse ? Demain, 18 heures ?

– Oui, demain.

22.

– Salut, Capitaine.
– Manu ! Je voulais t'appeler…
– On dit ça, on dit ça…
– T'as raison, je suis en dessous de tout !
– On m'a dit ça aussi, ouais…
– T'es au courant alors ?
– Ben oui, et tu veux que je te dise ?
– Allons-y…
– Je t'aurais bien accompagné sur ce coup-là !
– En attendant, je suis convoqué rue Hénard demain matin…
– Ça ne fera pas de vagues, tu verras… L'autre demeuré va prendre cher de toute façon. Et puis, pour toi, c'est peut-être l'occasion de faire comme moi…
– C'est-à-dire, camarade ?
– J'ai demandé – et obtenu – ma mutation, Capitaine. À la SAT*… Je reste lieutenant…
– Bravo à toi, Manu. Tu vas me manquer, tu le

* Section antiterroriste.

sais. Et tu ferais un excellent capitaine, tu le sais aussi.

– Je sais pas. Je voulais surtout changer d'air. Me sentir utile, tu comprends. Arrêter d'écoper un rafiot qu'en finit plus de couler. Être là où ça compte. Pour une fois.

– Pourquoi tu dis ça ? On s'est bien battus, tous les deux. On a claqué de belles procédures quand même.

– Oui, oui, tu as raison, mais bon… Tu trouves qu'on fait encore la différence ? Sérieusement…

J'ai préféré ne pas répondre. J'étais heureux de l'entendre.

– Tu viens déjeuner dimanche ? À Courlon ?

– Je ferai le voyage, oui.

– Capitaine ?

– Oui, lieutenant…

– Je voulais te dire… Ç'a été un honneur de servir sous tes ordres…

Je n'ai pas su quoi ajouter, alors il a raccroché.

23.

Une fille, un type. Elle capitaine, lui lieutenant. Elle porte les cheveux tirés en queue-de-cheval. Comme la plupart des femmes chez les flics. Très vite, après quelques semaines dans la rue, elles prennent aussi, comme les mecs, ce masque dur qui est notre empreinte. Le métier nous façonne de l'intérieur. Ce n'est pas tant qu'il nous ronge, il nous déforme. Tout ce dont nous avons été témoins, les bagarres qui tournent mal, les coups de surin, les chairs lacérées, l'impact des balles dans la poitrine d'un homme, le corps d'une femme disloqué dans une mare de sang après qu'elle s'est jetée du septième étage… La silhouette en flamme d'un ouvrier qui se tord après l'explosion d'un atelier de peinture, le visage glacé par l'angoisse d'un père qui vient signaler la disparition de sa fille, 20 ans à peine, et la voix du gardien de la paix à l'accueil qui dit au lieutenant de garde « le monsieur là il vient pour la Delta Charlie Delta » et le petit lieutenant – j'avais quel âge, 26, 27 ans – qui invite l'homme à le suivre vers son bureau pour lui annoncer que sa gamine est morte d'une OD à l'héroïne le visage stratifié de douleur d'un père qui s'écroule en hurlant appelle sa môme « Manon Manon Manon » et tous les regards de tous les collègues qui prennent la tangente, se perdent au-delà des vitres et s'enfoncent dans la nuit qui est notre seule maison au fond. Tout cela, on n'a pas besoin de se le dire, elle et moi. Je sais pour quelles raisons elle a rejoint l'Igpn. Elle sauvera peut-être sa famille ainsi. Mais pas moi, j'en suis incapable. Son collègue m'intéresse moins, il déroule la procédure, et ses questions sont convenues. Un fonctionnaire de police. Pas un flic à mes yeux. On sent bien que c'est pour la forme. Le rapport doit déjà être rédigé, quelque part dans la mémoire de son ordinateur HP Premium. Ils sont mieux équipés que nous, ces salauds, voilà ce que je me dis. Manu avait raison. Ils ne m'emmerderont pas vraiment. Ils veulent savoir si j'ai quelque chose à ajouter.

– Et si je demandais ma mutation ?

– Nous l'appuierions. Avec vos états de service… Vous êtes un bon flic, Capitaine.

– Alors, ce sera la SAT, la section antiterroriste. Avec effet immédiat.

– Il faudra peut-être patienter un peu, dit-elle. Disons deux semaines, trois maximum.

J'acquiesce. C'est elle qui pose la dernière question :

– Vous regrettez ?

– Non.

Je signe ma déposition et je me casse, la rue me happe, j'ignore pourquoi je marche si vite, pourquoi je cours, pour quelles raisons je m'enfuis. Et si je me barrais, si je démissionnais, mon père, il serait fier de moi ?

24.

Me Gillet est un homme attentif, rigoureux. Il porte un costume cintré, en flanelle et d'un gris profond, une chemise bleu pâle, une cravate marine en laine et des boutons de manchette qui attisent la lumière sous sa lampe de travail. Par instants, j'en saisis l'éclat en reflet sur les verres de ses lunettes cerclées d'acier – ou de platine. Sa jeunesse m'étonne, ses cheveux blonds, les yeux bleus, la finesse des traits. On pourrait croire qu'il sort à peine de l'adolescence. Impression démentie par l'autorité qui émane de chacun de ses gestes, de leur précision. Il y a aussi le ton de sa voix, les inflexions sèches au téléphone, quand il s'adresse à ses collaborateurs. Je suis prêt à parier qu'il doit être également dans l'armée, la réserve, peut-être déjà colonel. Il en a la carrure. Et cette confiance en lui, ce sentiment d'être parfaitement légitime, à sa juste place, qui m'a toujours étonné chez certains de mes contemporains. Et que j'envie probablement. La pluie cingle les vitres de son bureau, avenue Victor-Hugo. Je me demande comment mon père a bien pu se retrouver ici. Mobilier design, sièges de cuir, du parquet ciré et de longs tapis. Chinois, persans, de la soie. Les motifs si subtils qu'on pourrait s'y abîmer des heures durant. Aux murs, de grands tirages en noir et blanc. Des paysages somptueux, peut-être l'Écosse. L'un d'eux retient mon attention. Murets de pierre, lande déserte, grandes herbes penchées sous le vent qui mènent le regard vers le sommet pelé d'une haute colline cernée par des nuages noirs et gris.

– Vous aimez ? demande Gillet.

– Oui. Beaucoup.

– Puis-je vous demander pourquoi ?

– Ce n'est plus tout à fait un paysage, c'est un état d'âme.

Gillet laisse passer un moment de silence, contemple lui aussi l'image accrochée à droite de sa table de travail.

– Votre père m'avait dit vrai, et cela ne m'étonne pas.

– Je ne comprends pas…

– Quand je l'ai reçu la première fois, il m'a longuement parlé de vous, pour expliquer ses intentions. Entre autres choses, il m'avait dit ceci : « Mon fils, il est très sensible, trop. »

– C'est un peu léger, non ?

– Il avait aussi ajouté : « Mais c'est de ma faute, je l'ai brisé. » Je vous en prie asseyez-vous.

Je m'installe en face de lui. Il pose ses mains sur un dossier à la couverture d'un vert très clair. Seule touche de couleur dans le bureau du notaire.

– Voilà, dit-il, j'ai été amené à recevoir votre père trois fois dans mes bureaux. Quand il a appris, il y a environ dix-huit mois, qu'il était atteint de la maladie d'Alzheimer, il a souhaité mettre en ordre ses affaires, et…

– J'ignorais qu'il avait des affaires, comme vous dites…

Il ne relève pas.

– … Mettre en ordre ses affaires, donc. Et vous adresser un legs. Il tenait également à ce que vous n'ayez rien à régler. Aucun frais de succession. J'ai donc fait expertiser le bien qu'il comptait vous transmettre, et j'ai fait calculer par mes services le montant de ces frais. Votre père s'en est ainsi acquitté par avance, mois après mois, avec régularité. Les dernières traites ont été réglées par l'un de ses proches. Tout est en ordre. Vous n'aurez donc rien à payer, sachez-le.

– Je n'aurais pas payé de toute façon. Mais de quoi parle-t-on exactement, maître ?

– D'un mazet. Dans l'Hérault, plus précisément sur le mont Caroux et le territoire de la commune de Saint-Martin-de-l'Arçon. C'est à deux heures de route de la mer. Une heure trente de Montpellier. Il y a un beau terrain, environ mille deux cents mètres carrés, exposé plein sud. Et en partie constructible – c'est ce qui fait la valeur de cette succession. Le mazet mériterait d'être consolidé, qu'on y apporte un peu de confort. Je ne pense pas que vous aurez beaucoup de difficultés à obtenir les autorisations.

– Je n'en demanderai même pas.

– C’est à vous d’en décider, cher monsieur. Je ne fais que mon devoir. Et il consiste aussi à vous demander si vous souhaitez accepter la succession telle qu’elle vous est proposée.

J’ai pensé à ma mère. Elle n’aimerait pas que je refuse ce geste-là. Le dernier, ou le seul, de mon père à mon égard. Gillet a repris :

– Cela ne me regarde pas, bien sûr, mais je crois que vous devriez accepter. Votre père y tenait sincèrement. Il avait deviné vos réticences et m’en avait fait part. J’étais, je suis, chargé de tenter de vous convaincre…

– Il y a plein de choses dont il ne vous aura pas fait part également !

– Détrompez-vous. Votre père s’est longuement livré dans ce bureau, à la place même où vous êtes assis. Je ne trahirai pas ici ce qu’il m’a dit, ni mon serment. Mais je veux seulement vous assurer de ceci : ce qu’il vous transmet maintenant, c’est tout ce qu’il n’a pas su vous dire.

– Pour se racheter ? Ou pour m’acheter…

– Ne vous montrez pas si décevant, voulez-vous ? Voici les documents. Vous pouvez les emporter avec vous, le temps de réfléchir. Ou bien les refuser dès à présent. Ou bien les signer maintenant.

J’ai signé. J’ai pensé à mon père. Pourquoi une fois de plus suis-je si petit face à lui, minable même, alors que c’est lui qui m’a réduit ainsi ?

– J’ai une dernière question, maître.

– Je vous en prie.

– Comment mon père a-t-il atterri dans votre étude ?

– L’un de mes clients me l’a adressé.

– Puis-je vous demander son nom ?

– Vous pouvez, mais je ne vous répondrai pas.

– Alors disons que je vous soumets un nom… Georges Bertrand.

Il n’a pas un mot, juste un regard, plus appuyé. Et cela vaut pour acquiescement.

25.

Je suis arrivé en avance boulevard Beaumarchais. Je me suis posté sur le trottoir opposé de L'Instant décisif. Afin d'observer. Ou parce que je craignais de traverser la rue, de rentrer dans le magasin et que se referme sur moi le couvercle d'un coffre, une chape de souvenirs qui ne sont pas les miens. C'est une petite boutique, celle d'un artisan, l'une des dernières dans le quartier. Une devanture bleue, à la peinture un peu passée, percée d'une seule vitrine. Quelques étagères en verre sur lesquelles sont disposés les boîtiers, les objectifs. Une belle sélection. Nikon, Fuji, Olympus, Ricoh GR. Peu de modèles, mais les meilleurs de chaque gamme. Une boutique pour connaisseurs.

La circulation est assez dense pour que personne ne me remarque. Pourtant, je me sens guetté. Quelqu'un m'a repéré. Le fils de Georges Bertrand, probablement, qui attend mon arrivée. Peut-être est-ce cette attente qui me pousse à traverser, à me présenter à notre rendez-vous. Braver le sentiment de culpabilité qui me gagne sans raison. Une cloche tinte à mon passage sur le seuil, comme surgie d'un temps ancien. Une sorte d'alerte au son clair.

Je suis immédiatement saisi par deux photos affichées côte à côte derrière le comptoir. Noir et blanc, du grain, de grands tirages. L'une est prise au cœur d'une casbah, Oran, Alger, je n'en sais rien. Elle représente deux enfants de 10 ou 12 ans qui se tiennent par l'épaule et fixent l'objectif avec candeur, avec impertinence. Des yeux noirs, un éclat de lumière dans les pupilles, de larges sourires, et leur ombre en retrait que dessine en été la lumière d'une fin d'après-midi. L'autre montre également un couple de mômes, du même âge, capturés sous la pluie. On reconnaît le ciel d'hiver, la lumière ternie de Paris. Ils ont la même posture que les deux premiers, un bras passé autour de l'épaule de l'autre, mais leurs expressions… Le pli à la bouche, les yeux cernés, le regard éteint. Je m'y attarde quelques secondes.

– Celle-ci a été prise à Nanterre. Au bidonville. Elle date de 1962. L'autre a été prise trois ans plus tôt. À Oran. Vous êtes le fils de Khalil, n'est-ce pas ? Vous lui ressemblez…

– Je préférerais pas.

– Ne dites pas ça, voyons. Je suis heureux de vous rencontrer. J'ai tant de choses à vous montrer, à vous dire. Je suis Martin, le fils de Georges Bertrand.

Je serre la main qu'il me tend. Elle est ferme, celle d'un homme robuste, solide. Bien ancré dans sa vie. Cheveux blond cendré, des yeux bruns, un regard intelligent, attentif et posé. Une certaine mollesse au menton, pomme d'Adam apparente, comme le signe d'une inquiétude, d'une gorge sans cesse serrée. La même taille que moi, le même âge. Je me demande ce que je fous là. Il revient aux photos :

– Elles sont signées de mon père. Celle d'Oran a été l'une des dernières qu'il a prises en Algérie. C'est là-bas qu'il a rencontré votre père. Que leur destin s'est joué. Mon père travaillait pour le service photographique des armées. C'est pour ça qu'il s'était engagé. La photo, c'était sa vocation… vous le savez peut-être.

– Non, je l'ignorais. Je sais seulement que quelques semaines avant sa mort mon père a souvent prononcé le nom du vôtre.

– Et que disait-il ?

– Je n'en sais rien… C'était en arabe, et je ne le comprends pas. Disons, pas encore assez bien pour traduire…

– Ou bien vous ne voulez pas vraiment savoir…

– On va dire ça, oui, si vous voulez.

Il pose sur le comptoir une série d'albums, de petits cahiers aussi. Tous précisément datés. Novembre 1959-mars 1960. Avril 1960-août 1960. Septembre 1960-janvier 1961. Un dernier enfin, janvier 1961-mars 1961.

– Ce sont ses années algériennes. La fin de sa guerre aussi. Et le début de celle de votre père. J'imagine que Kha…, que votre père ne vous a rien expliqué.

– Rien, en effet. Il était peu loquace.

– Tel père…

– Je ne ressemble en rien à mon père !

– Excusez-moi, je ne voulais pas vous blesser.

Il revient aux cahiers.

– J'ai pensé que cela vous intéresserait. Il y en a d'autres aussi, qui suivent le cours de sa carrière. Ses meilleurs reportages. Jusqu'à ce qu'il doive arrêter, et qu'il prenne le magasin.

– Que lui est-il arrivé ?

– L'écœurement, la nausée, je crois. Ce que la guerre fait aux hommes… Depuis l'Algérie, ses jambes étaient fragiles aussi. Il a ouvert ici pour échapper à la fureur, et m'a initié. Khalil venait lui rendre visite deux fois par mois, toujours le samedi. Ils déjeunaient à deux pas, rue Saint-Nicolas. Ils avaient leurs habitudes. Comme les deux camarades qu'ils étaient. Khalil était mon parrain, vous savez.

– Non, ça non plus je ne savais pas.

– C'est une histoire si particulière. Il ne faudra pas juger, pas trop…

– Je ne comprends pas ce qui les liait.

– Votre père a sauvé la vie du mien, dans les Aurès, à la fin de 1960.

26.

J'ai pris la rue de l'Ouest en direction de Vanves. Malakoff, Châtillon, Fontenay, un carrefour entre Sceaux et le Plessis-Robinson, puis Châtenay-Malabry, la Butte-Rouge où j'ai aperçu, en contrebas de l'avenue Sully-Prudhomme, des terrains de foot qui brillaient sous la pluie. J'ai évité la route de Clamart et me suis engagé sous l'échangeur en direction de Bièvres. J'ai éteint la radio pour rouler en silence. Manu m'attendait, j'avais pas loin de deux heures de route. Il fallait éviter de penser aux affaires en cours, irrésolues, éviter de penser à mes gosses – que je ne voyais plus. Suis-je en train de les abandonner ? À quoi bon écorcher les cicatrices ? Je n'aurais su dire ce qui me troublait surtout. Suis-je devenu si faible ? Oui.

De l'autre côté de la vitre, un paysage de friches industrielles défile, zones étranges où se regroupent, en lisière de lotissements aux maisons identiques, des entrepôts et des centres commerciaux. Puis l'autoroute, une sorte d'aboulie de bitume.

Je marque un arrêt à mi-chemin. Forêt de Fontainebleau. Les nuages sont bas, le ciel s'accroche aux arbres, linge déchiré. Par moments, je le vois comme roulé en boule, noir et froissé, puis soudain déplié, un dais étale, presque immobile, tendu sur les bois. L'écho d'un galop s'atténue, laisse un vide difficile à combler. Malgré le froid, j'ai l'impression d'étouffer, je dégrafe le col de mon blouson. Je regarde les arbres, je vois l'ombre avancer. Elle m'évoque l'enfance et la panique, les vacances en province, dans la famille de ma mère, dans l'Indre, je crois. Le bled s'appelait Le Blanc et les habitants, les grands-parents, les oncles et les tantes, même les cousins, ils n'aimaient pas les métèques de mon espèce, ils n'aimaient pas les Arabes. Mon père gardait le silence. J'aurais aimé qu'il voie dans cette hostilité une occasion de nous rapprocher, lui et moi, mais non. Je me rappelle la malveillance et l'ennui, ces journées entières, l'été, à tuer les insectes entre mes doigts. Autre chose m'atteint aussi. La pénombre alentour semble gagner mon cœur. Ou plutôt, et cette idée me file des frissons, c'est en moi qu'il fait sombre désormais.

Je fais une halte. Je marche depuis moins d'une heure. Je serai en retard, Manu attendra. Puis j'emprunte un sentier couvert d'écorces de marrons. Je m'assieds sur un arbre abattu. J'en éprouve une sorte de peine que je ne connais pas. Un mouvement de colère, parce que cette promenade ramène à la surface des souvenirs, des sentiments que j'aurais voulu oublier, de la honte aussi. Ce sont des terrains violents, des zones pleines d'amertume.

Je caresse l'écorce du chêne mort, la paume épousant les courbes du tronc, les doigts mesurant les aspérités, suivant les entailles, les longues failles qui courent jusqu'aux branches émondées. J'en ramène un peu de résine que je porte à mon nez. Puis je prends dans ma besace la bouteille Thermos et la *finjaan* que j'ai achetée la semaine dernière. J'y verse le café préparé ce matin, et je respire lentement. L'arabica, la cardamome, les épices. Cet équilibre. Les parfums puissants qui se mêlent aux odeurs de la campagne, aux effluves plus lourds qui flottent sous les arbres, les mousses trempées, les premiers champignons, un vieux cuir abandonné sous la pluie. Quelque chose qui m'écœure un peu. Le goût pourri de l'enfance. J'ignore ce qui, du café ou de la nature, libère ces impressions, où se trouve la saveur véritable de la liqueur. Comme si, à peine approchées, les sensations devenaient souvenirs afin d'aviver le goût du café, de lui restituer sa pureté. Il m'est impossible de distinguer ce que je bois et ce qui m'entoure. Une nouvelle gorgée, je perçois le bruit des cognées au milieu d'une clairière pareille à celle-ci, à moins que ce ne soit l'écho des haches qui ont abattu cet arbre. J'entends le bruissement du vent, ou bien les herbes couchées par la pluie. Je devine la présence d'un animal. Ce n'est pas seulement le café, et pourtant c'est aussi le café. Je commence à comprendre. Ce sont autant de façons, ou de raisons, d'affronter l'existence. Peut-être aussi ma mémoire.

Je ramasse une feuille morte, un peu de mousse accrochée aux racines apparentes d'un chêne immense, un marron sorti de sa gangue qui brille dans la pénombre. J'approche mon visage de mes mains pleines. Un vol de canards, les battements d'ailes lointains, le cri des oiseaux referment la parenthèse, comblent le vide, effacent la frontière entre le chagrin et la peur. C'était un café matinal, un café de douleur autant que de douceur.

Je reste assis encore un moment dans la fraîcheur argentée de novembre.

Ma vie défile sans que je puisse en saisir un moment particulier. Ma vie… Depuis la mort de mon père, j'apprends le prix à payer lorsqu'on se cogne à soi-même, incapable d'un geste, d'un mouvement, d'une action de plus. Les atermoiements, le cœur qui cède. Pour la première fois, j'ai la certitude nette, coupante, de la mort. Je l'espérais, je l'attendais – et c'est le même mot en somme, et c'est la première fois que ce désir me prend.

Soudain, je ne veux plus qu'une chose : que le monde – la forêt, les animaux sauvages, les chevaux jetés au galop, leur cavalier à la main ferme, les voitures sur la route, le regard dur des conducteurs, de ces hommes qui savent toujours où ils vont –, que tout cela se taise et disparaisse. Que le monde se taise et retrouve son harmonie.

Je ne sais plus relier les choses entre elles. Être à la fois présent et capable de faire abstraction de ce qui me blesse. Désormais, le monde, les gens, les arbres, la vie même me cognent de plein fouet. Et c'est encore plus douloureux que les coups de mon père.

Le brouillard se pose sur des champs labourés. Les sillons, presque noirs, tracent leurs lignes jusqu'à l'horizon. La nationale 6 traverse un désert. Les services de la DDE ont rasé les platanes qui longeaient la route. Seuls les panneaux qui indiquaient l'entrée des villages essaimés de loin en loin font relief. Le Petit et le Grand Fossard, Champigny et Vinneuf, les murs crépis de ciment gris, les vignes vierges qui dessinent aux façades des squelettes amputés.

Par moments, une prairie tremble sous le vent. Des herbes folles se balancent et donnent un rythme étrange au paysage, en modifient un peu la perspective. Ici, le monde est plat et l'ennui semble recouvrir toute chose. La litanie des ronds-points, des panneaux indicateurs renforce la sensation de vide et d'abandon. Les feux rouges, plantés au milieu de nulle part, clignotent pour rien ni personne. Les voitures freinent bien avant les carrefours. Elles ralentissent afin de toujours passer au vert. Qui voudrait s'arrêter là ?

La pluie se mêle aux brumes, j'ai l'impression que l'air se dilue. Les vitres sont couvertes de buée. J'ai de plus en plus de mal à respirer. Covid ? J'ai presque envie de rentrer, je reste concentré sur la route. Je n'y vois pas à cinquante mètres. Les phares balaient un rideau de pluie. Je tourne le bouton de la radio. Un comique parle de ses couilles. Des rires enregistrés crépitent, puis des applaudissements, vite chassés par une publicité pour la nouvelle Renault Clio Hybride, puis une chanson des années 1970, « c'était bien, c'était chouette on y retournera chez Laurette ». Je change de station. Un reporter commente l'avancée des manifestants en colère contre la nouvelle réforme des retraites et les attaques violentes des black blocs. Leurs charges coordonnées, les vitrines descendues à coups de pavé, la façade des banques incendiées à coups de Molotov.

Je m'engage vers Villeneuve-La-Guyard. Le pare-brise est couvert de givre. Les essuie-glaces crissent, je pousse le chauffage à fond. Malgré le brouillard, je distingue à temps le panneau qui indique Courlon à main gauche. En suivant la nationale 6, on atteint un village dont le nom m'a toujours déplu, gris comme les plaines de l'Yonne en hiver : Veneux-les-Sablons. Je me rappelle que Manu prétendait avoir vu passer le Tour de France sur cette route, l'été de ses 9 ans.

*

Je sens son poids encore retenu par la corde. Et puis l'odeur de pisse et de merde. Je me dis que c'est cela aussi, la mort ordinaire. Les organes lâchent, et prennent le pas sur l'esprit. Les intestins dominent l'âme et le caractère. C'est la peur, la chiasse qui l'emportent, plutôt que le désespoir. Un jeune gendarme dégueule dans un coin de la grange. De la gerbe dégouline sur son masque baissé. Il vient d'arriver ici, effectue sa première intervention ce matin. Quel étrange baptême… Son collègue est monté sur un escabeau qui traînait là, il sectionne la corde à l'aide d'un mauvais cutter. Je retiens le corps, l'empêche de chuter au sol.

C'est moi qui l'ai découvert. La grange est parfaitement rangée. Les outils, la deux-chevaux que Manu voulait restaurer aussi, quand il aurait terminé la maison. Je songe à toutes les heures sup qu'il avait à récupérer. Manu avançait sous le joug, comme chacun d'entre nous. Le licol qui se resserre de nuit en nuit. Qui nous soumet peu à peu. Jusqu'à se mépriser, se découvrir impuissant, se dégoûter.

Je me souviens qu'il aimait son métier. Chaque soir, on se retrouvait au troquet pour parler des affaires en cours. De nos défaites. Est-ce vraiment obéir qui nous sauve ?

Manu s'est tué ce matin. Son visage est bleu. Ses yeux sont tourmentés. C'est à moi qu'il revient de les fermer.

27.

J'étais perdu ce matin. Égaré, comme jeté dans le vide. Rongé par une sorte de solitude que j'ignorais. « Orphelin » est le mot qui me vient à l'esprit. Comme si je venais de perdre un frère. Un frère que je n'ai jamais eu, mais que j'ai espéré si souvent sous les coups de mon père. Alors j'ai guetté le soir et je suis retourné à L'Instant décisif. Le fils de Georges Bertrand m'attendait encore. Martin.

Maintenant, nous marchons sous les feuilles qui tombent, voici Paris aux portes de l'hiver. Une buée mauve, teintée des premières lueurs du soir, monte du fond des rues, des allées, du fond des parcs. Elle drape les statues, cerne les fontaines et leurs eaux noires. Le ciel, le fleuve près de l'Arsenal prennent une couleur de plomb, d'étoupe. Le pays tout entier vacille, tremble sur ses fondations, on discerne encore les vitrines brisées, les portes condamnées des banques depuis le dernier assaut de black blocs. Et nous marchons en silence. Ou bien le silence nous apprivoise et nous rassemble. Pourtant, je suis tendu soudain. L'impression que le danger est à deux pas. Est-ce Martin, est-ce le passé ? Est-ce l'ombre de mon père ?

– Je l'aimais beaucoup, votre père. Je me souviens comme il faisait attention à sa façon de s'exprimer. Son français était presque désuet. J'adorais cela. Je me moquais gentiment de lui, et nous riions ensemble.

– Je ne comprends pas pourquoi il ne nous a jamais rien dit, à ma mère et moi…

– Il avait peur de vous gêner tous les deux, probablement. Et vous, vous aviez honte de lui, n'est-ce pas ?

Je garde le silence, c'est comme un coup au plexus. Il ne faut rien montrer, juste encaisser, se taire, c'est tout. La rue s'estompe un bref instant devant mes yeux. Voici mon père qui s'éloigne sur le pont, juste devant nous. Je me souviens comme j'étais gêné lorsque je le croisais dans la rue, près du collège. Il avait perdu son travail depuis longtemps, ne savait pas quoi faire de ses journées. Il avait peut-être aussi perdu sa dignité. Après qu'il a été licencié de l'usine, après surtout que son petit garage de mécanique générale, dans le quinzième arrondissement, a dû fermer. Cela avait été un déchirement pour lui. Il avait obtenu de la régie une licence pour vendre lui-même quelques autos. La chance de passer, deux après-midi par semaine, du bleu de travail au costume en Tergal. Quand il a fait faillite, il a redoublé de violence et ma mère a trouvé un emploi de femme de ménage chez des particuliers. Je me souviens de la honte, oui. Mais je ne me suis jamais demandé ce qu'il pouvait bien foutre aux abords du bahut... S'il venait m'attendre, me chercher. S'il espérait quelque chose de moi. La maladresse, les silences de mon père. Cette façon de courber l'échine sans cesse. Puis de se révolter soudain. En me frappant ?

– Il parlait de moi parfois ?

– Oui, mais pas si souvent. Je sentais que c'était difficile. Je sais que mon père en savait davantage. Je crois qu'il pensait que vous auriez le temps de vous retrouver, un jour.

– Et puis, non. Ces choses-là n'arrivent pas.

Martin s'arrête pour me faire face :

– Je n'en sais rien. On imagine mal, nos rêves manquent d'ambition, sais-tu, je peux vous tutoyer ?

J'acquiesce.

– On imagine mal, tu sais, le désarroi de ceux qui nous entourent. Leurs gouffres intimes. Et comme ils s'y laissent entraîner parfois. Ton père et mon père, ils ont vu leur destin scellé par la guerre. Et ça, on ne peut pas vraiment comprendre...

– Alors quoi ?

– Je te sens en colère.

– Je suis né en colère, on va dire.

*

Les cahiers de Georges Bertrand sont posés devant moi, je n'ose pas les ouvrir. Martin m'a laissé les emporter. Sans même hésiter. « C'est comme s'ils t'appartenaient aussi », voilà ce qu'il a dit.

J'ai placé ceux des années 1960 et 1961 tout en dessous de la pile. J'en tire un cependant, l'ouvre au hasard, et je lis :

Je photographie mes camarades au combat, et je les vois tomber, les uns après les autres. Pour la plupart, ils ne savent même pas pourquoi ils sont partis. Je ne parle pas des appelés, des conscrits, eux, les pauvres, n'ont jamais eu le choix. Ce sont les sacrifiés. Du pain pour les canards, comme on dit. Les engagés, c'est autre chose. Il y a ceux qui ont signé parce qu'ils voulaient l'aventure, le défi ou la gloire. Parce que plus rien ne les retenait dans leur village. Parce que la mort les fascinait. Mais peut-on seulement croire à la mort quand on a 20 ans ? Ils l'ont vue de près, et leur regard est changé à jamais. Je le vois sur mes tirages. Et puis, il y a ceux que j'appelle « les glaises ». Celles que la guerre va façonner pour le meilleur ou pour le pire. Pour le pire, le plus souvent. Aussi, il y a les anciens d'Indo. Les princes, les humiliés. Je ne peux m'empêcher de les admirer. Certains ont survécu aux camps viêt-minh. Ils ont le visage clair d'hommes qui ont le courage de leurs engagements. Pour la France, ou pour relever le gant une dernière fois, pour effacer la défaite, faire honneur à ceux qui sont tombés dans les rizières, leurs compagnons, leurs frères, dont ils estiment qu'ils ont été sacrifiés, abandonnés par les politiques, par la France. L'idée qu'ils s'en font. Ils parlent parfois du roi Jean De Lattre, celui qui était venu pour eux en Indochine, les lieutenants, les capitaines. Pour les commander. Les commander au cœur d'une guerre juste, propre – c'est ce qu'ils disent. Ils affirment aussi : si le roi Jean n'était pas mort... Et dans ces mots en suspens, dans ce vide-là, il y a toute l'amertume de la défaite qui laisse son empreinte sur leurs visages. Leurs visages. J'y reviens toujours. Ce sont des blocs de pierre où s'accrochent la lumière et les ombres. D'eux, je pourrais parler des heures. C'est près de ces hommes que je veux être, en première ligne, avec mes boîtiers pour seules armes. Ils me traitent comme leur mascotte. Petit Georges, ils m'appellent.

Et moi, qu'est-ce que je fais là ?

J'ai 20 ans, et je n'en reviendrai peut-être pas.

Nous partons cette nuit en opération.

Je referme le cahier. J'imagine ce gamin, plus jeune encore que je l'étais lorsque je suis rentré dans la police. Un jeune fou, un ambitieux ? Un idéaliste. Mon père était-il de l'autre côté ? De cette trempe-là, lui aussi ?

28.

Quelques femmes marchent au-devant du cortège, en grappe serrée, se tenant par le bras, s'épaulant, comme pour se tenir debout. Une mère, trois sœurs, deux cousines et quelques compagnes. Pas d'enfants. Au loin, les averses dessinent aux collines une crinière de pluie. Lorsque les femmes s'effacent, nous prenons le relais. Nous sommes six. Collègues, camarades, compagnons, il n'existe pas vraiment de mot pour définir ce qui nous relie. Nous sommes six hommes tristes qui se tiennent au plus près de ceux qui portent le cercueil. Les six plus fidèles, le cœur noir. Nous avons revêtu nos blousons d'intervention, ajusté nos brassards. L'étui de nos armes de service à la ceinture. Nous n'en avons pas le droit. Nous avons vite étouffé les commentaires, et même les ordres des gradés, du sous-préfet. Nous risquons tous la mise à pied, la révocation pour tout cela. Nous nous sommes vêtus en soldats. Je suis des leurs. Au même instant, nous avons abaissé la cagoule noire sur notre visage. Elle laisse à peine filtrer le regard.

Tristesse, chagrin, colère, cette sourde exaltation. Le blouson tombe strictement sur les gants de cuir. Les rangers, noires elles aussi, font crisser les cailloux, le sable, la boue.

Les portes de la chapelle sont béantes à quelques pas, comme une gueule ouverte, inquiétante. Je discerne les tréteaux de bois clair au cœur de cet ancien ossuaire. Je suis sans force soudain, c'est une immense faiblesse qui me soutient encore. Le chagrin, le désespoir font seulement battre mon cœur. Le reste, tenir le rang avec mes camarades, remonter la brève allée, s'agenouiller, ce ne sont que réflexes. Le plus difficile ? Repousser les souvenirs. Manu, Manu... Avec lui, on passait de l'ombre à la lumière en une seconde, la colère rôdait sous la lucidité, l'exilant sans cesse de lui-même, de son propre cœur. Aucun homme n'est différent d'un autre. Derrière leurs gouffres et leurs blessures, derrière l'enfant malmené, les espérances fauchées, l'engagement, la rage, on distingue toujours l'éclat ancien. L'espoir. Peut-être l'amour. Ce qui manque au monde aujourd'hui : le désir de raviver l'émotion initiale, de renouer des liens anciens, qui nous dépassent. La fraternité, l'amitié, la loyauté. Si un pont vient à s'écrouler, il doit être relevé des décombres, si un de nos hommes tombe, il doit être remplacé. À l'intérieur de la chapelle, les sculptures, les pauvres fresques sont recouvertes de plâtre ou de suie, rongées par le salpêtre et l'humidité, corrodées par l'indifférence, par la vanité et le silence aussi. Chez un homme, comment restaurer ce qui menace de s'effondrer ?

Ce que je ressens, ce n'est pas de la tristesse, ni même la sensation d'être orphelin désormais, mais autre chose, de plus puissant, qui me transperce. La sensation d'être encore écartelé, tentant chaque jour de réécrire mon histoire, celle de mon époque émasculée, soumise. Il est temps de me rejoindre, de me rassembler, je le sens. Mais comment ?

La lumière s'atténue contre les vitraux, une vierge impassible, un enfant muet contre sa poitrine, le froid soudain. Les morts dansent sur les murs. Je me relève. Manu, mon père auraient détesté cette faiblesse, méprisé cet abandon à la culpabilité, alors je me redresse.

La famille, les proches se rassemblent sur un seul banc, face à l'autel. Nous, les six, nous restons debout à présent. Tous, nous nous recueillons. Un bloc ramassé d'épaules jointes et de drap sombre. Il n'y aura pas d'homélie. Manu n'en voulait pas.

Les roses sur le cercueil, sur le drapeau.

Maintenant, c'est un trou dans la glaise ; une odeur de tourbe me vient à la gueule, de terre trempée, les derniers parfums de l'automne quand il s'achève sous la pluie. Retenu par deux longues cordes, le cercueil s'abîme peu à peu dans la tombe. La pluie, plus forte, écrase les gerbes de fleurs. Une façon de sang dilué dans la boue, la glèbe. Des taches de couleur, presque obscènes, qui se noient, déformées, piétinées par nos rangers plantées au sol. Et puis, le cercueil enfin posé, nous nous rassemblons pour une ultime faction. Les six fidèles, les six soldats, nous nous mettons en position autour de la tombe. Et sortons nos armes. Une salve. Un vaste silence tremblé. Une deuxième salve. L'onde de violence, de chagrin rassemblé dans la poudre, court à travers la campagne immobile. Une dernière salve. Le sous-préfet, nos supérieurs sont blêmes. Je prends la parole :

– Nos tombes, celles des flics sacrifiés, ne peuvent être seulement des tombes. Non, elles doivent devenir symboles. La preuve de notre détermination à poursuivre notre mission, à exiger les moyens nécessaires aussi. Notre volonté doit s'inscrire dans nos cimetières. Afin de ne jamais oublier, pour se projeter encore au combat, en première ligne. Nos funérailles seront moins des obsèques qu'un rite pour resserrer nos rangs et nous garder du désespoir…

Je m'arrête là. Tout ceci est vain. Ce matin, j'ai reçu ma lettre de mutation, je vais rejoindre Manu à ma façon. Intégrer la SAT, la section antiterroriste. Ce sera mieux pour tout le monde. Alors, la dernière phrase, je la garde pour moi. Pour Manu. Pour mon père. « Nous fermons les yeux des morts et les morts en retour nous ouvrent les yeux. »

29.

Martin m'a confié les images réalisées par son père en Algérie. Elles sont très belles et font écho aux lignes que je lis dans ses journaux. Insoutenables aussi, parfois. Face à ses images, j'ai l'impression étrange d'être jeté de force dans des événements qui ne me concernent pas, mais dont la force, la beauté sombre me renvoient à une part d'universel. Comme si Georges Bertrand avait saisi tous ces instants, cette horreur, dans le seul but de nous montrer tels que nous sommes. D'exposer notre vérité. Le mal qui est en nous. Parfois l'amour. Et comme ils se confondent. Car on pourrait croire que les pires atrocités ont d'abord été commises par amour. Je connais ce sentiment. Il est semblable en moi à une sorte d'éponge plongée au fond de mes poumons. Ce que montrent ces photos, je l'ai vu. Moi aussi, je l'ai vu. Dans les corps et les regards, les plaies, les impacts. Les râles, les cris, les pleurs. Dans la cruauté et les regrets. D'où vient ce mal qui est en nous ?

« Regarde ! Lis ! Après nous parlerons. De ton père, et du mien. De leurs guerres. Au pluriel, guerres… » Voilà ce que m'a dit Martin. Alors j'obéis.

Les images. Et les lignes qui les accompagnent. Les mots d'un capitaine aussi, en Algérie, à l'un de ses soldats. À un Arabe, un musulman, ancien d'Indochine qui lui confiait ses doutes. Je ne suis pas sûr de tout bien comprendre. Alors je réalise à quel point mon père me manque. Il aurait pu m'expliquer. Il aurait dû me dire dans quelle guerre il est né. De quel côté.

Peu à peu, je vais vers les cahiers datés de 1960, 1961, 1962. Je vais vers l'Algérie, le pays et la jeunesse dévastée de mon père. C'est d'abord un récit isolé qui m'ébranle. Aucune image ne l'accompagne.

Je suis fatigué, fatigué, fatigué. Rémi est mort. J'ai failli être tué aussi, et peut-être que j'aurais préféré. Mourir à sa place. Quitter enfin l'Algérie, à laquelle je ne comprends rien. Je suis fatigué. Je suis fatigué. Rémi a sauté sur une mine. Les jambes et un bras arrachés. J'étais en fond de colonne quand j'ai entendu l'explosion. J'ai couru vers l'avant. Une rafale m'a suivi à la trace. Quatre trous dans mon treillis, et moi rien. Mais Rémi… Il était là, en sang, conscient encore. Il l'est resté un long moment, jusqu'au bout. Le capitaine était à ses côtés, lui tenant l'autre main, celle qui lui restait encore. Rémi lui parlait en le fixant d'un air éperdu. Le capitaine, lui, il ne cillait pas. Mais j'ai vu comme ses yeux étaient bons. Doux, même. Il savait, nous savions tous, *que c'était fini pour Rémi. Qu'il avait des choses à lui dire. Des choses importantes. Celles qu'un homme doit prononcer quand il meurt, comme ça, à 20 ans, à la guerre. Avec en dernière ligne de mire tout ce qu'il n'aura pas eu le temps de faire. J'aurais voulu m'approcher, le soutenir. Mais je n'ai pas eu le courage, je ne pouvais pas, je ne pouvais pas. Rémi, je le connais depuis le Sidi Mabrouk. On s'est rencontrés sur le pont. Lui, il rejoignait le 3e RCP. On avait appris à sauter pendant nos classes. J'aimais photographier les parachutes en corolle, l'ombre des hommes au-dessus du terrain. Je l'avais retrouvé il y a deux semaines – j'accompagne le RCP en opération. Je me suis rendu compte qu'il aimait aller au combat. Il croyait en des choses auxquelles je ne croyais pas. Mais on s'aimait bien. Je l'aimais bien. C'était mon ami. Je n'ai pas fait de photos. Sa mort lui appartenait. Et à ses camarades aussi. Je dis camarades, ils disent compagnons… Il a refusé la syrette de morphine. Il est mort en scrutant le ciel.*

Nous sommes restés sur site pour le garder. La pluie, les nuages si bas qu'on aurait dit un immense linceul que le ciel tirait sur nous. C'était aussi bien, cette pluie. Personne ne pouvait me voir chialer. On pouvait entendre quelques rafales au loin. Des tirs sporadiques. Des types de chez nous, une compagnie peut-être, avaient dû prendre les fell en chasse. J'ai pensé pourvu qu'ils les chopent, qu'ils les massacrent. Et je m'en veux d'avoir eu cette pensée. Terriblement.

Mais Rémi était mort sous la pluie, vous comprenez ? La nuit est venue comme ça. En descendant du ciel autant qu'en montant de la terre. C'est comme si elle s'élevait en nous. Je me demande si je pourrais m'en défaire désormais. Si elle me quittera un jour.

Je me suis approché du capitaine. Il parlait avec Amine, notre toubib. Un ancien d'Indochine. Ils m'ont laissé rester là, à leurs côtés. Amine s'est brièvement tourné vers moi pour me dire : « Tu n'as pas fait de photo du petit. On a tous trouvé ça bien. Allez, prends un café. » J'ai bu en silence, le café était brûlant, mais pas encore assez. J'aurais voulu qu'il m'incendie à l'intérieur. Que je ne ressente plus rien. Ils ont continué de discuter à voix basse. J'ai entendu ce qu'ils disaient, j'ai écouté. Les doutes d'Amine. Il parle des villages que nous traversons, de l'état sanitaire déplorable, des gamins qui ont faim, qui meurent parfois de la rougeole. De la beauté de ce pays, qui est le sien aussi. De la façon dont se battent les fell. Leur guerre, leur indépendance. De ce qu'ils sont capables de faire. De dégueulasse et de grand. Pour leur liberté. Les deux vérités au fond de nous. L'amour et la folie. Il parle de son pays, du village de ses parents à quelques kilomètres d'ici. Il n'ira pas les voir. Ce serait les condamner à mort. Les yeux crevés, les langues tranchées, les couilles au fond de la gorge – ce qu'ils font à ceux qu'ils considèrent comme des traîtres. Il n'ira pas, non, embrasser sa mère, saluer son père. D'ailleurs, pour sa famille, Amine dit qu'il est déjà mort, et depuis longtemps. C'était plus simple comme ça. Il dit aussi qu'il n'aime plus rentrer en France pour ses permissions. Qu'il se sent forcé de prendre position, en tant que musulman. Qu'aux yeux de ceux-là il devrait quitter l'armée, et combattre la guerre coloniale. Qu'aux yeux des autres il se sent comme un étranger, parce que c'est comme ça qu'ils me regardent, capitaine ! Moi, avec tout ce que j'ai donné à la France, à mon pays. Mais il dit encore que l'Algérie, c'est aussi son pays. Que ce pays aura besoin de médecins. Et que lui, Amine, il pourrait aider, plus tard. Aller vacciner dans les villages. Il dit qu'il ne sait plus. Que la mort de Rémi, comme ça, ça lui a fichu un coup. On en a vu pourtant, hein, capitaine ? Sur la piste Pavie, et à Diên Biên, sur la Béatrice… Mais là, Rémi… Le capitaine, il a bien parlé. Peu, comme à son habitude. Il a dit à Amine, je le cite : « Tu quitteras l'armée si tu veux. Et puis tu ouvriras un cabinet, ou tu iras à l'hôpital. Pour soigner. La France, c'est chez toi. Chez toi. Tu resteras… » J'étais à deux pas, j'ai bien senti l'émotion du toubib, et j'ai compris que le capitaine avait prononcé les mots qu'Amine attendait. Ils se sont regardés brièvement. Le capitaine a posé sa main sur la nuque du toubib. Ils se sont levés ensemble et j'ai jeté mon café dans la boue.

Puis le capitaine nous a ordonné de repartir, alors tous on s'est levés. Nous avons placé le corps de Rémi dans une bâche de toile, et six hommes l'ont porté. J'en ai été. Jusqu'au bout. Nous l'avons déposé sur la plaine de Laveran. On a guetté l'hélico chargé de le reprendre. De le ramener chez lui. Il m'avait montré une photo de sa fiancée. Une jolie brune. Cathy. J'irai peut-être la voir, quand je rentrerai. Dans leur village, près de Châlons. Je lui apporterai les clichés que j'ai faits sur le Sidi Mabrouk. Quand Rémi souriait dans le soleil.

Je prends un autre cahier. Celui-ci date d'avant l'Algérie. Le très jeune Georges Bertrand y photographiait son entourage. Et rassemblait ses images dans un album qu'il avait intitulé « Mon village, ma famille, mes amis ». Je ne sais pas pourquoi, mais ces mots tout simples m'ont bouleversé. Soudain, les photos sont devenues floues. Plusieurs générations de Bertrand devant le perron d'une maison de pierre au toit de lauze. La devanture d'une boutique, repeinte de frais avec un auvent neuf où le nom de la famille s'étale en grandes lettres blanches : Boucherie Bertrand. C'est l'été. Un été triomphant. Le ciel doit être si bleu qu'il apparaît dans une teinte de gris sombre, presque noir, sur le tirage. Sous leur tablier et leur veste de travail, les hommes portent une chemise et une cravate. Les femmes sont en robe, les imprimés dessinent des arabesques étranges entre les plis. Leurs chemisiers sont légèrement ouverts, et l'on aperçoit un triangle de peau plus sombre dans cette échancrure. Une estafette de livraison Renault, de couleur pâle, peut-être verte, trône devant le magasin. L'auvent en est levé et un jeune gamin hilare est penché sur le comptoir. Un frère, un cousin de Georges Bertrand ? Sur une autre image, on voit les mêmes réunis autour d'une table de jardin. Des baguettes de pain, des bouteilles de vin, des pichets d'eau ou de citronnade. Un repas de famille. Tous sourient vers l'objectif, tous sourient à la vie. Et puis, sur d'autres photos encore, il y a les copains. Quelques filles aussi. Leurs jupes plus courtes, les cheveux dénoués sur les épaules, et quelque chose d'effronté dans le regard, la posture. Tout autour, on aperçoit des collines, des champs en pente douce. Parfois un tracteur, qui tire un plateau chargé de balles de foin. Quelques hommes reviennent des moissons, couverts de poussière de blé. On voit aussi une grande table dressée au milieu d'une cour de ferme, et les femmes qui s'affairent autour. Un chien entre dans le cadre. Un chat à la fenêtre. J'aime beaucoup les vues du village. Les ruelles qui s'achèvent dans la brume. Les lambeaux de brouillard, traversés de lumière, qui s'étendent à travers les prés. Le clocher encerclé par les collines. Au fil des pages, les photographies de Georges Bertrand se teintent lentement, imperceptiblement. Est-ce l'automne ou l'hiver, ou bien plutôt une sorte de mélancolie qui le gagne peu à peu ? L'heure du départ approche. La nostalgie de ce qui ne sera pas vécu, ici, dans son intime pays, parmi les siens. Et puis, encore, je ne m'en lasse pas, ces très jeunes femmes, ces très jeunes hommes. Ils posent au milieu des premiers rangs d'un champ de blé. L'un d'eux retient mon attention. Un appelé qui porte son calot de travers. Son regard est plus grave que celui de ses camarades. La guerre n'est plus si loin.

Je la devine plus présente sur les dernières images. Une série de portraits en gros plan. Les parents de Georges Bertrand, un gamin qui pourrait être son frère. Une jeune femme qui ressemble beaucoup à Martin. Et puis des vues du village. Prises de plus loin, comme s'il s'éloignait. Qu'il voulait montrer la distance qui, déjà, prenait tout l'espace. L'envahissait lui aussi. Avec la nostalgie de son village, de sa famille, de ses amis.

Toute cette jeunesse, cette vie à l'ébauche, mon père devait en avoir préservé les traces. Pour quelles raisons les a-t-il gardées au secret ? La mémoire algérienne de mon père, si sèche en moi, se trouve d'un coup irriguée par la mémoire féconde et précise de Georges Bertrand. Alors je me sens comme un bâtard.

Je reviens aux cahiers algériens. Des photos d'une casbah. Oran, Alger ? Ce n'est pas indiqué. Il est juste inscrit, à l'encre bleue, délavée, « Perm ». Les permissions... Le ciel et la mer au point de rencontre dans la lumière d'un soir. Georges Bertrand s'attache aux Arabes. Je veux dire que ses images montrent à quel point il est intéressé par leur façon de vivre, leur manière d'être. Il y a de très beaux clichés. Les mains des femmes, les empreintes, les volutes rousses du henné. Leurs silhouettes groupées sur une plage déserte, leurs voiles légèrement soulevés par la brise. Des hommes au travail, sur les marchés, devant leurs étals, un visage émergeant d'un capot ouvert, les mains encore dans le moteur, ou tout simplement au café, ou bien encore assis sur un banc, à l'abri de la chaleur sous un palmier. Il écrit simplement en légende « Quand tout sera fini, je reviendrai ici ».

Et puis, il retourne au front. Et la guerre se répand de page en page sous le mince papier cristal qui sert de frontière entre chacun des tirages aux bords crénelés. Il écrit, et je le sens à bout de forces. De dégoût, de désespoir. Une opération sur le djebel M'zi.

Après le passage des avions, il est difficile de discerner dans ces amas de chair, dans ces corps calcinés, aux membres réduits, rongés, dans ces visages dont la peau semble avoir fondu à même l'os, la silhouette d'un homme, d'une femme, d'un enfant. Je les connais, ces avions. Et les bidons spéciaux qui alourdissent les carlingues. Bidons spéciaux, c'est bien le terme qu'ils emploient, le seul autorisé. Parce que le nom précis de ce que nous répandons sur l'ennemi, son territoire, sur les villages et les populations est prescrit. Tabou. Mais moi, je veux l'écrire ici. Napalm. Cette flamme ardente accompagnée de fumée sombre, qui laisse au sol, même vu du ciel, de longs sillons, comme des stries très noires. Griffes et brûlures atroces. Bugeaud a voulu mener en Algérie une politique de la terre brûlée. L'aviation la met en application.

Je me suis arc-bouté à mon boîtier, j'ai essayé de ne pas me cacher derrière lui. Je dois montrer cela. Il le faut. Ce qui se passe ici. À terre, au milieu des carcasses de chèvres ou de moutons, entre les bêches et les pelles dont l'acier a fondu, parmi les éclats des jarres de terre cuite, parmi les ustensiles de cuisine et ce qui subsiste du linge qui séchait, un enfant, fille ou garçon, impossible de le dire de loin comme de près, semble dormir. Il paraît presque intact, comme préservé du souffle de l'explosion, malgré son corps noir, atrocement brûlé. Peut-être est-ce la façon dont sa tête repose sur le côté droit qui donne cette impression d'abandon, de sommeil profond. Je ne sais pas. Mon premier mouvement a été de courir vers lui, de me porter à son secours. Puis j'ai vu. Un peu plus haut, près du seuil d'une maison incendiée, le corps d'une femme gît dans la boue, presque entièrement calciné lui aussi, les yeux brûlés, les orbites couleur d'abîme, dont on devine bien pourtant qu'ils étaient, qu'ils sont encore tournés vers l'enfant. Pas difficile de reconstituer la scène. Je cadre sur elle, laisse l'enfant flou dans la profondeur de champ.

D'autres images, arrachées à la guerre, à l'horreur, à la solitude et au désespoir qui le gagnent. Toutes, elles me déchirent le cœur. Littéralement. Ou plutôt, c'est comme si elles me séparaient de moi-même, de mon histoire, et peut-être de mon pays.

Certaines sont en apparence plus douces, plus faciles, mais ce sont leurs légendes qui me glacent. Sous le portrait d'un jeune soldat au visage rond, à l'air étrange, faraud, au sourire comme inachevé, mais qui sourit tout de même. Il n'est pas nommé. Georges Bertrand a simplement reproduit ses initiales : « R.D. ». Il commente ainsi son image :

R.D. au retour de la corvée de bois. La compagnie avait fait deux prisonniers lors d'un accrochage dans une mechta de Aïn M'lila. Ils ont laissé repartir l'un d'eux à la tombée du soir. Celui-là ne reviendra pas. Abattu d'une rafale dans le dos. Nous l'avons entendu depuis le mess. Certains ont baissé la tête, d'autres ont commandé de nouvelles bières, du pastis. Pas seulement pour célébrer, je crois. Mais d'autres, si. Moi, je suis sorti pour photographier R.D. Fixer son visage. Montrer peut-être ce que la guerre fait aux hommes. R.D., il n'est pas le pire de tous. Je l'ai vu jouer avec des gamins dans les villages, s'intéresser un peu aux gens d'ici. Jamais de problème avec les femmes dans les mechtas, dans les douars. Jamais à les coller, à soulever les djellabas, à les fouiller au corps, à vouloir les embrasser de force, comme tant d'autres. À les pousser dans les maisons pour les violer avec une poignée de camarades. Un simple quartier-maître, un appelé, un type ordinaire. L'un de nos innombrables tringlots. Maigre comme un chien de combat, épuisé, endurci par le crapahut, la peur, les tours de garde, les compagnons qui tombent et qu'il ne reverra plus. Du courage au feu, également, on ne peut pas lui retirer ça. Que gardera-t-il en lui de tout cela ? De ce meurtre à la tombée du soir ? Que garderons-nous de notre guerre d'Algérie ? Oserons-nous en parler ? Dire ce que l'on a vu, ce que l'on a fait ? Et moi, mes photos, je vais en faire quoi quand je serai rentré ?

Plus loin, il évoque le second fellagha, l'autre prisonnier. Il n'y a pas d'images.

Je n'ai pas pu. Ils ne m'auraient pas laissé faire de toute façon. Je dois fermer ma gueule. C'est la règle. Je ne pourrai pas oublier, je le sais. Les fils qui partent de la génératrice, jusqu'aux électrodes nues. Les deux manivelles, et puis le sergent à genoux qui se prépare à en remettre un coup. Et il y a ce pauvre garçon, ligoté sur sa chaise, à poil, ses vêtements arrachés en lambeaux autour de lui. L'odeur de pisse et de merde. L'odeur de la peur. Le visage tant amoché, les plaies ouvertes, le sang qui coule encore. Ses yeux révulsés. Et son sexe fendu par les décharges électriques.

Au milieu d'un nouvel album, je tombe sur la photographie d'un corps supplicié au milieu des taillis. Totalement écorché, pratiquement plus de peau sur les os, même sur le visage. Comme cureté à la lame d'acier. La gorge ouverte aussi. En légende, ces quelques mots :

L'instituteur de la mechta. Le FLN l'a enlevé il y a trois jours. Nous l'avons retrouvé ce matin, en revenant de patrouille, dans une ornière au fond du talweg. Tous, nous l'aimions beaucoup. J'ai pleuré. De rage ou de chagrin, je ne sais plus les distinguer. Je me demande s'il y a chez eux, de leur côté, un type comme moi. Qui photographie. Qui témoignera.

En dernière page, le portrait, très simple, très beau, d'un homme endormi. Sa veste de treillis est trempée de sueur. Il est étendu dans la rocaille d'un oued. En arrière-plan, on distingue une chaîne de montagnes enneigées. Le visage de l'homme est apaisé, à peine maculé de traces de boue qui semblent souligner la finesse de ses traits. Ou qui les creusent déjà. Georges Bertrand écrit :

Le capitaine est mort ce matin, peu avant l'aube. Nous sommes tous effondrés. Je me souviens qu'avant de les mener au combat il appelait ainsi les soldats de son bataillon : « mes enfants ».

Un autre cahier, un autre album. Rien que des portraits. D'une force inouïe. Les images, les mots. Le propos.

J'ai honte, j'ai honte, j'ai honte. J'obéis à un ordre, mais je crève de honte. Nous allons de village en village sur les Hauts Plateaux. Souk El Khemis, Tidjedad, Aïn Terzine... Je dois photographier les femmes, les hommes. Des portraits au cadrage serré, juste les visages. Le but est clair, et dégueulasse. Il s'agit d'établir des papiers d'identité français pour les « autochtones ». Afin de mieux contrôler leurs déplacements vers les villages de regroupement... En bref, les ficher. J'ai dix jours pour réaliser deux mille clichés. Maintenant, je sais : cette guerre, elle est perdue pour la France. Je n'arrive pas à écrire pour nous. Le capitaine pense comme moi. J'ai croisé son regard lorsque le pacha est arrivé d'Alger pour donner ses instructions. La façon dont il s'est placé en retrait, le visage penché, fermé, et ce regard par en dessous qu'il m'a lancé, qui disait sa colère, sa déception, son amertume. Ses mots enfin, après le départ du pacha : « Là, c'est le début de la fin, Petit Georges. »

Le plus difficile, c'est avec les femmes. C'est ignoble, ce qu'on leur demande. D'ôter le voile de tulle qui estompe leur visage. Et pire encore, le foulard qu'elles portent sur le crâne, qui dissimule leurs cheveux. Au début, elles veulent le garder, mais on les oblige à le faire tomber aussi. Ça, je ne veux pas, je ne peux pas. C'est un jeune sergent du bataillon qui s'en charge. Je crois qu'il y prend plaisir. Le capitaine lui a ordonné de se calmer.

Chaque fois, je place un tabouret à l'aplomb du mur de torchis blanc de leur maison. L'une après l'autre, elles s'y asseyent. L'une après l'autre, elles se dévoilent. Elles lèvent la tête vers moi, et leur regard, leur regard. Ce n'est plus de la photographie, c'est de la basse police. Et c'est bien plus terrible encore. Un viol. Militaire, policier, culturel, religieux. Et ces femmes le savent. Je peux le lire dans leurs yeux, dans le regard qu'elles me retournent. Comme autant de gifles, de coups de poing, de griffes. Être foudroyé du regard. À présent, je connais parfaitement le sens de cette expression. Alors, j'essaie de résister. De les photographier en majesté. Je me souviens de portraits qu'Edward Curtis avait réalisés chez les Indiens d'Amérique. C'était la même histoire, au fond, qui recommençait. Celle d'un peuple qui voulait en soumettre un autre, lui retirer jusqu'à sa dignité. Cette dignité, il fallait la redonner à ces femmes. Alors je les cadre à la ceinture. Ainsi, leur regard prend une tout autre dimension. On y sent de la rébellion, de la provocation. Un défi. L'une d'elles refuse. Derrière la colère, il y a des larmes. Leurs hommes observent. L'un d'eux brûle d'intervenir. Ses poings serrés, les mâchoires, la gorge tendue, pomme d'Adam comme suspendue. Peut-être cette femme est-elle sa mère, sa tante, une grande sœur. L'unité les garde en respect. Et comme ce terme aussi est obscène. Aucun des soldats ne regarde dans ma direction, alors je fais signe à la jeune femme de reculer, de rentrer chez elle. Elle comprend mon geste. Trois pas de côté le long du mur. Puis le panneau de bois derrière lequel elle se glisse pour disparaître. Je viens de désobéir à un ordre. Le capitaine a tout vu, je crois. Tout comme cet homme qui m'observait avec tant de tension, de colère, d'inquiétude. Lui aussi a compris, et nos regards se croisent un bref instant. Je baisse les yeux. Quand je relève la tête, il me fixe encore, étrange sensation soudain. Il reste quelques gamines à photographier. Elles sont moins rétives, plus tristes, soumises même. L'enfance les protège mal de nos regards salopards, la curiosité l'emporte à peine sur la méfiance. Cela ne durera pas. Bientôt, nous y verrons de la haine. Comment leur donner tort ? Voilà, j'ai voulu, j'ai essayé de réparer l'agression. De résister ? Plus tard, j'ai recadré tous les clichés dans mon labo de fortune. Et livré les photos d'identité au commandement. Les autres images, ils ne les verront jamais, ils ne s'en serviront jamais.

Je sens que je m'éloigne de mon pays. À cause de ce qu'il fait dans les Aurès. Alors je veux photographier. Encore, et encore, et encore. Sans relâche. Avec abnégation. Détermination. Comme si, peu à peu, je faisais sécession. Je veux me rapprocher des gens d'ici. Leur vie, leur façon d'être, de résister. Et parfois, je pense à mon père, quand il me racontait qu'il emportait de la viande dans le maquis pour ses camarades, de quelle façon il avait quitté la maison, ma mère, mon frère aîné pour les rejoindre et se battre contre l'occupant. Ici, c'est nous l'occupant, et cela me donne le vertige. Si je n'avais pas la photographie, je m'écroulerais. Mes images, je les montrerai en rentrant. Elles diront ce qui s'est vraiment passé en Algérie.

Je reste longtemps face à ces visages, ces regards, et je mesure le courage de ces femmes. La dignité comme forme ultime de la rébellion. Dans un autre cahier, je trouve des portraits d'hommes. Georges Bertrand utilise le même procédé. Je les trouve moins forts. Les hommes ont l'air presque détachés. Ils savent bien que le combat se jouera ailleurs. Sur leur terrain. Et qu'ils le remporteront.

Cependant, le regard, le visage de l'un d'eux me frappent. Cet éclat très clair au fond des yeux. Et puis le tranchant de cette gueule-là, les pommettes, les arcades. Toute la colère, toute la violence. La gueule de mon père.

30.

Je rejoins Martin au Wepler. C'est lui qui m'a fixé rendez-vous ici.

– Ils s'y retrouvaient, a-t-il précisé simplement.

Je lui montre le portrait. Le jeune homme qui a la gueule de mon père.

– C'est bien Khalil, oui, sourit Martin.

– Tu m'expliques ?

Je n'entends pas sa réponse, trop de bruit dans la brasserie. Chaque son me parvient comme diffracté, nimbé d'une gaze épaisse. Cette impression est si vive qu'elle me rappelle soudain une série d'images de Georges Bertrand. Celles d'un jeune soldat, un para du RCP, le régiment de chasseurs parachutistes. Il est à terre, dans le sable, soutenu par trois camarades, le buste très légèrement relevé, pour qu'il puisse respirer, j'imagine. Mais le crâne est ballant, ses forces le quittent. Le regard est déjà ailleurs, les yeux mi-clos. Ses paupières se ferment. Il est atteint à la tête et du sang a coulé sur son visage. Il va passer, cela semble inexorable. Le pansement à son front est défait et l'une des extrémités flotte dans l'air.

Sur le cliché suivant, la bande de tissu souillée de sang s'est rabattue. Elle efface à moitié le visage du jeune homme. Sur la dernière photographie, elle le recouvre tout à fait. La bandelette de gaze évoque un linceul, qui l'étouffe alors qu'il est encore vivant. Les trois camarades du para, leur visage, leurs regards baissés. Parmi eux, deux sont arabes. Je ne comprends rien, je suis paumé. Je parviens cependant à demander, et cela dit la peur, l'ignorance, le paradoxe auxquels je suis confronté. Serai-je fier ou couvert de honte si mon père s'était battu pour la France ? Ou pour l'ennemi ? Quel est pour moi l'ennemi ?

– Mais mon père, il a rejoint l'armée française ?

– Non. Khalil, il était de l'autre côté ! Il était fellagha. Ton père, il avait rejoint le FLN en 1959 ou 1960, après avoir vu passer un blindé français qui offrait en spectacle les cinq ou six corps de paysans abattus, exécutés au hasard, sous prétexte qu'ils soutenaient le FLN. Une sorte de dissuasion. Ils étaient tellement cons, tu sais. Bien sûr, quand les gamins voyaient ça, ils rejoignaient immédiatement les rangs des fellagha...

Pourquoi cette fierté au fond de moi, soudain ?

– D'accord... Mais pour le reste ?

– Tu as vu les portraits de femmes, n'est-ce pas ?

– Oui, ils sont terribles.

– Georges n'a jamais pu se dire qu'il avait bien fait, ou pas. Aujourd'hui, les collectionneurs se les arrachent, spéculent même. Les enculés ! Une fois, on en a vu une dans un magazine féminin, ou de déco, je ne sais plus. Mon père a fait un procès. Il l'a perdu. Le magazine a même refusé d'ajouter quelques lignes dans son numéro suivant pour expliquer… Excuse-moi, je dévie du chemin… Ton père, il disait toujours ça : quand il y a une volonté, il y a un chemin… Bref ! Peu de temps après la descente dans la mechta pour faire les photos, la population du hameau a été… déplacée. Dans un camp de regroupement, d'internement administratif.

– Déportée…

– C'est compliqué… Khalil nous a dit un jour qu'il arrivait que les habitants d'une mechta redoutent de retourner dans leur village. Ils craignaient de se retrouver sous le joug du FLN… Tu as entendu parler de Melouza ? Du massacre…

– Non, je connais rien à l'Algérie, à la guerre. Jamais il n'en parlait, mon père… Et moi, je n'ai jamais voulu m'y intéresser… Maintenant, je suis rattrapé, j'ai l'impression de fuir devant le passé. Qu'il me traque pour me tuer.

– OK. Alors Melouza, on est en 1957. C'est situé sur la route des panthères, une sorte de corridor qui mène de Tunisie en Kabylie. Très précieux pour l'acheminement des armes. On est à la croisée du Constantinois et de la Kabylie. Sur les Hauts Plateaux. Ce que tu dois comprendre, c'est que la guerre d'indépendance ne s'est pas faite dans l'unité, encore moins dans un esprit d'union sacrée. Les Algériens ne s'entendaient pas tous entre eux. Et d'ailleurs, ils ont continué de se faire la guerre après l'indépendance. C'est devenu une guerre civile, en fait. Fratricide… Pour résumer, il existait depuis le début une rivalité terrible entre le FLN et le MNA – le Mouvement national algérien. Cette rivalité, elle se traduira par des trahisons, des représailles, des enlèvements et des assassinats. On parle là de près de quatre mille morts… Melouza, c'est presque le symbole de cette rivalité – et de ses dérives.

– Il s'y est passé quoi ?

– D'abord, il faut savoir que le MNA, à Melouza, bénéficiait, disons, de la neutralité de l'armée française – qui voyait d'un bon œil que le FLN ait du mal à s'implanter là. À gagner les cœurs…

– Donc ?

– Donc, le FLN ne pouvait laisser perdurer cette situation. Si je me souviens bien, c'est le 28 mai 1957… Les troupes de l'ALN – le bras armé du FLN – ont mené une opération terrible. Cinq ou six katibas se sont déployées aux alentours de Melouza. Cela fait environ trois cent cinquante hommes. Ils ont marché sur le douar. Les ordres étaient clairs : « exterminer cette vermine ». Ceux du MNA n'étaient pas de force, ils sont vite partis chercher des renforts. Mais pendant ce temps-là, les katibas ont brûlé le douar. En début d'après-midi, elles ont forcé la population, les enfants, les femmes, les hommes, à monter jusqu'à Mechta-Kasbah (un petit hameau qui surplombait le douar). Et là, ç'a été un carnage. En une demi-heure, à coups de pioches, de couteaux, de fusils, les soldats de l'ALN ont massacré toute la population, ou presque… Ceux qui tentaient de s'échapper étaient abattus d'une rafale dans le dos. Mechta-Kasbah, c'étaient juste quelques ruelles, des allées étroites… Il était impossible de s'enfuir… Un village comme un abattoir à ciel ouvert…

– Combien de victimes ?

– Trois cent quinze…

Martin laisse passer un long silence. Un serveur se penche vers nous et demande si l'on veut boire quelque chose. Je commande un verre de bordeaux. Martin aussi. Il reprend :

– Tout ça pour te dire que les populations pouvaient avoir peur du FLN… Et que parfois, l'idée de revenir dans leur douar après avoir été déplacées ne les enchantait pas complètement. Tu sais, le plus difficile pour nous, c'est d'essayer de ne pas avoir de jugement moral. Mon père, ça le mettait en rage… Il essayait toujours de m'expliquer qu'en Algérie, sur le terrain, il n'existait jamais de bonnes solutions. Que toutes les alternatives étaient viciées. Attends, je vais te donner un exemple.

Il cherche dans les cahiers qu'il a apportés. Tourne fébrilement les pages. Trouve enfin alors que je termine déjà mon verre.

– Tiens, écoute ça ! Il l'écrit après que la compagnie a été prise sous le feu lors d'une embuscade. Il y a eu quatre morts et cinq blessés dans les rangs.

Je veux lutter contre l'esprit de vengeance qui nous tenaille tous – les appelés, les cadres, les tringlots, les gradés, les plus jeunes, les plus vieux. Je sais comment cette vague de revanche se traduira. Par la répression dans la mechta la plus proche. Parce qu'elle aura probablement, de gré ou de force, nourri et renseigné les fell qui nous ont attaqués. Il y aura de la torture, je le sais. Pour leur faire avouer les caches, les refuges, les noms. Et il n'y aura pas de réponse. S'ils parlent, ils seront égorgés dans les heures qui suivent. Leur famille, massacrée. Je garde cela pour moi. Qui pourrait comprendre ici ? Tous les soldats de la compagnie ont l'impression de recevoir les coups sans jamais pouvoir les donner.

Ce matin, je me suis engueulé avec le lieutenant. On était tous nerveux, en colère – et certains même enragés. Le lieutenant a donné l'ordre : tuez-les tous. Tous les fell que vous trouvez dans le coin. Ça leur apprendra, ça les fera réfléchir... J'ai dit que c'était stupide. Il m'a regardé froidement et lâché : quelle solution alors ?

Ça m'a ébranlé. J'ai ressassé toute la journée. Et si, au fond, la seule solution humaine (il me faut du courage, et surmonter mon dégoût, pour le dire, pour l'écrire ici), la seule solution humaine pour faire la guerre dans les montagnes serait ce qui me fait vomir : l'internement administratif, les regroupements ? Parce qu'au fond ce n'est peut-être pas ça qui menace le plus la liberté des musulmans. Parce que la liberté, ça n'existe pas en Algérie. Le totalitarisme du FLN, le terrorisme, sa volonté de diriger seul, tout cela

empêche le peuple d'être libre. Et si placer les musulmans dans ces lieux clos de barbelés était la seule façon de les protéger de la guerre du FLN ? La seule manière de soustraire la population à cette situation absurde et cruelle où elle est prise entre deux feux, et condamnée à vivre soumise, écartelée, exilée d'elle-même ?
Tout cela est vertigineux, et m'effraie. Moi, penser ainsi ? Je ne peux pas le croire... je n'y parviens pas. Et puis, je sais ce qui s'y passe. La famine, les maladies, le choléra... Les enfants qui y meurent chaque jour. On évoque le chiffre de cinq cents. Cinq cents, tous les jours... La seule solution pour nous sauver, c'est de partir.

Martin lève les yeux vers moi, et je vois dans leur éclat la trace des larmes retenues. Deux nouveaux verres arrivent sur la table. Nous buvons en silence. Il ajoute enfin :

– Bref ! Quand la population de la mechta où mon père a réalisé les portraits a été déplacée vers le camp de regroupement de Mansourah, le FLN a répliqué. Et mené une opération dans le djebel El Gaada. Ils ont fait beaucoup, beaucoup de morts dans la compagnie qu'ils attaquaient. Et quelques prisonniers. Khalil faisait partie de l'une de ces katibas.

– Et Georges, des prisonniers...

31.

Je les imagine tous les deux. Le déserteur, le prisonnier. Leur pacte fou, qui va les lier pour le reste de la vie. Je suis seul à l'hôtel, je cours à travers le djebel El Gaada. Pour seuls guides, les mots de Martin, comme des lucioles dans la nuit. Des feux follets qui m'accompagnent, se dérobent, m'abandonnent aux ornières, au froid, à la caillasse et à la peur. Je ne suis pas sûr de comprendre, il ne faut pas chercher à comprendre. Juste courir avec eux. Fuir avec mon père. Pour le retrouver ?

Très vite, juste après l'attaque menée par sa katiba, Khalil a reconnu celui qui avait épargné sa sœur, l'avait préservée de l'humiliation. C'est la seconde nuit, pendant un court bivouac, alors qu'il est de quart, qu'il vient dénouer les cordes du Français, du *roumi*, qu'il l'attire vers le revers du talweg, qu'ils disparaissent ensemble en remontant les bords ensablés de l'oued. Qu'il dit aussi adieu à sa sœur, à sa mère, à ses frères. Il ne les reverra plus. Il arrache ses racines, il sait désormais qu'il devra vivre comme un animal traqué, comme un estropié, un amputé aux membres intacts...

Cela faisait des heures, des jours qu'ils marchaient dans le maquis, peu d'eau, peu de vivres, juste avancer, les commandos français à leur poursuite. Dormir dans les taillis, entre deux rochers, les Français crèvent de froid, et repartir bien avant l'aube sous la lueur pâle des étoiles. La nuit a des parfums de pierre et d'oued asséché. De poussière et de thym sauvage. De sang versé, aussi. De chiasse et de fièvres – qui sont les autres noms de la peur. Les Français, ils essaient de ne pas penser. Ils n'ont plus la force de s'échapper. Ils essaient de ne pas imaginer les tortures, ils ont tous l'image d'un instituteur, d'un médecin au corps supplicié retrouvé sur la piste. Les couilles dans la gorge, ils ne pensent qu'à cela. Pire encore que la torture. L'absurdité de cette guerre, ce qu'on leur fait faire, qui les marquera à jamais. Trente-six mois à 20 ans, c'est toute une vie. Et c'est rencontrer sa mort. Alors ils avancent, dans le même souffle que ceux qui les emportent vers l'inconnu. Ils sont épuisés par la course. Elle est là, la torture, ils ne l'ont pas compris encore. Leur sueur est glacée, elle brûle les yeux. La nuit, elle gèle sur les treillis et les pénètre au plus profond. Jusqu'au cœur. Les fell n'ont pas un mot, pas un regard pour eux, ils font la guerre. Leur guerre. Ils mènent les assauts les uns après les autres, essuient des pertes terribles, sanglantes, mais ils continuent. Ce ne sont pas les ordres, mais cette aspiration à respirer la nuit un air différent, plus pur, peut-être. Faire sauter cette chape, et gagner… gagner quoi ? L'indépendance ? La liberté.

Deux heures, peut-être trois, qu'ils marchent presque côte à côte cette nuit-là. Georges Bertrand se tient en léger retrait, dans l'ombre portée de Khalil, lorsque soudain la lune jette un rai de lumière trop crue sur leurs silhouettes, menaçant de les dénoncer à ceux qui les chassent. Affamés, le ventre tordu, la gorge sèche. La poitrine en feu. Khalil se repère aux étoiles, à la carte qu'il a emportée. Il faut arriver avant l'aube. Il faudra que la nuit le protège encore un moment alors qu'il continuera seul de s'enfuir. Il sait bien qu'il s'agit d'un voyage sans retour, d'un acte qui ne sera jamais pardonné. Aider un prisonnier à s'évader.

Le commandant Pouget à ses trousses, les soldats de l'ALN aussi… Le voici déserteur. Le voici en exil. Lui aussi, il rencontre sa mort.

Par instants, il se fige. Un bruit de rocaille, la branche d'un arbuste brisée sous leurs pieds. Chaque bruit leur apparaît comme un fracas, une sorte de traître. Georges Bertrand s'immobilise, aux aguets. Tentant de percer l'obscurité qui les cerne.

Enfin, ils atteignent un court éperon posé sur la ligne de crête. Ils reprennent leur souffle, étendus au sol. La pierre leur paraît plus chaude. Comme si en suintait la mémoire du soleil et du jour. Khalil se redresse d'abord, puis Georges Bertrand. Il lui indique un bref passage, un défilé entre deux hautes parois. Tout au bout, il trouvera le camp, un capitaine et ses tringlots. La France. Il est sauvé.

De son côté, Georges Bertrand arrache sa plaque d'identité, la donne à mon père. À voix basse, lentement, il prononce le nom de son village, en Auvergne, celui du canton. Sa famille y vit encore. Il doit appeler là-bas s'il a besoin de quoi que ce soit. Rien d'autre. Il n'y a rien d'autre à dire. Une main tendue que l'autre saisit. Un regard dans l'obscur. Puis ils disparaissent l'un après l'autre. Chacun sa nuit.

32.

Le silence violent de la ville, tissé de mille bruissements, de rumeurs indécises, sourdes, stridentes par instants. Ce vaste mystère. Un coup de frein, le deux-tons d'un fourgon de police, la plainte d'une femme isolée, les cris d'un homme qui titube, ivre, sur le trottoir. Le moteur des premiers camions de livraison qui vibrent aux feux rouges avant de s'élancer, poussifs ou rageurs selon l'humeur du chauffeur. Et puis, pareille à un métronome déréglé, à intervalles rapprochés, irréguliers, la sirène des ambulances qui emportent à pleine vitesse les malades vers l'hôpital le plus proche. Vers un peu d'oxygène. Il y a tout ce que je sais aussi, qui me hante, d'irrésolu, qui dérive vers l'oubli. Accompagné vers une nuit plus profonde encore par les silhouettes chancelantes des *crackheads*. Déformées, tordues, enfoncées, pliées en deux par l'effet du manque, elles forment un étrange cortège aux lisières de la ville, se rapprochent du cœur peu à peu. Et ce n'est que justice, au fond. Comme une lèpre auto-immune qui nous gagnerait de l'intérieur. La somme de toutes nos lâchetés, de notre indifférence, de nos cœurs et de nos âmes exsangues. Nous voilà rongés. Et nous ne le savons pas. Je pense à ces vastes terrains en friche, aux vestiges de nos hôpitaux désaffectés sur lesquels l'État, la mairie ont préféré faire édifier des résidences de luxe, faire un pognon de dingue – comme dit l'autre con – plutôt que de les remettre en activité afin d'accueillir et de soigner ceux qu'on a laissés crever au bord du chemin. Les plus riches ont trouvé de quoi se loger à vingt mille le mètre carré. Les plus démunis, les pauvres… Les gens de bien et les gens de rien, c'est toujours la même histoire. Rien n'a changé, rien ne changera jamais. Les réfugiés, les échappés, les désespérés, et des mômes parfois, des femmes au bord du gouffre – et personne, personne pour les retenir de verser dans l'abîme. La guerre, les famines, les épidémies, la pauvreté, les dictatures, la répression, et la violence terrible, la violence ordinaire de nos sociétés repues, exténuées à force d'être repues, aussi… Voilà tout ce qu'ils fuient, ce à quoi ils tentent d'échapper. Voilà notre escorte. Elle nous jugera. Elle en aura le droit. Je les devine dans le noir, sous leur tente de fortune, étendus à moitié inconscients sur des cartons récupérés dans les poubelles, au cul des supermarchés. Je connais leur camp en plein Paris, la porte de Charenton, un ancien terrain ferroviaire, les rails encore plantés dans le sol. Les quais délabrés, les vestiges des entrepôts. Je connais, oui, cet endroit-là. Je m'y suis penché une fois sur le corps abandonné, supplicié, d'une trans. On avait chopé le gang d'Égyptiens qui l'avait tuée. Ils s'y étaient mis à huit. Ils ne savaient même pas pourquoi. La fille les dégoûtait, ils voulaient lui piquer le fric de ses passes. Un truc comme ça. Je me rappelle cet endroit, ce désert immonde. C'est là que la préfecture a décidé de déporter cette pauvre farandole en guenilles. D'ériger des clôtures, de les cerner de flics qui auraient bien d'autres choses à faire. Je pense à eux pour ne pas penser à mon père, peut-être. Mais tout m'y ramène, chaque pensée, chaque image. Je pense à Nanterre, au bidonville. À son parcours aussi, en France, comme il lui aura fallu de force pour s'y bâtir une vie. Il me manque tant d'éléments encore pour mieux comprendre. Pour mieux l'approcher.

Alors je rappelle Martin. L'aube est toute proche, hésitante, qui balbutie mal entre les rideaux de ma chambre – un nouvel hôtel, ma vie est devenue errance. Je veux qu'il me parle de mon père et de son père – ces deux types que l'histoire aura bousculés et menés à l'orée du K-O.

Nos deux voix, nos deux souffles suspendus. Nous respirons dans le même tempo. Il me raconte l'arrivée en France de mon père.

– De quelle façon il a pu traverser la Méditerranée, échapper au FLN, ça, il ne l'a jamais raconté. Tout ce que je sais, c'est qu'au bidonville il s'est très vite senti en danger. Le FLN était partout, surveillait chacun, forçait les habitants à rejoindre la cause. Il en parlait peu, même à mon père. Par contre, je sais qu'il a rejoint les rangs de la manifestation du 17 octobre 1961. Qu'il l'a échappé belle, si je peux dire. Il aurait pu finir dans la Seine, noyé, comme tous les autres. C'est dans les jours qui ont suivi qu'il a appelé au village, à la boucherie de mes grands-parents ; il a demandé à parler à Georges... Ils se sont revus un ou deux jours plus tard. Khalil a raconté à mon père qu'heureusement il savait nager, et qu'il avait pu s'échapper en s'éloignant des berges, en se laissant flotter et dériver un moment avant de trouver un endroit désert pour rejoindre la rive. C'est à peu près tout ce que je sais. J'ignore tout de ces moments. Je n'ai pas voulu leur demander. Cela leur appartenait, tu comprends.

Je comprends, oui. J'ai l'impression de commettre une sorte d'effraction. Le vol d'une mémoire que mon père ne voulait pas partager. Parce qu'il en avait honte ? Parce qu'il considérait que je n'en étais pas digne ? Martin poursuit :

– Mon père est allé souvent le voir à Nanterre. Il emportait son boîtier. Ma mère m'a confié qu'il était bouleversé quand il revenait. « Ce qu'on fait à ces gens », il disait. Ton père n'a jamais rien demandé, il faut que tu le saches. C'est le mien qui proposait. Même, il devait convaincre Khalil d'accepter. Il était si fier, ton père. Mais je crois qu'il a compris que le mien n'agissait pas par pitié, ni même par reconnaissance. Très vite, il s'est pris d'une amitié véritable pour le tien, profonde et loyale. C'est pour cela, et grâce à mes grands-parents, qu'il lui a trouvé ce travail à la boucherie de la rue des Dames. Au bout de quelques mois, avec ses salaires, Khalil a pu louer une chambre de bonne, près du métro Anvers, si je me souviens bien. Puis, je crois qu'il y a eu un problème à la boucherie. Pas la faute de ton père, si tu veux savoir. Un commis, je crois. Un ancien conscrit d'Algérie. Il y a eu des coups. Ton père a dérouillé le commis. Il ne pouvait plus rester. Il ne voulait pas faire d'histoires, c'est ce qu'il disait tout le temps. Alors il a quitté la rue des Dames et sa chambre de bonne pour s'installer près de la ligne de métro qui menait jusqu'à l'usine. Mon père m'a raconté qu'il était contre, que c'était au commis de partir. Mais comme Khalil ne voulait pas faire d'histoires… Et puis, on embauchait facilement à l'époque. On avait besoin de bras, de main-d'œuvre. Et les Arabes étaient là pour ça… Il était courageux, Khalil. Très. Il passait parfois à la maison, ma mère insistait pour qu'il reste déjeuner – elle l'appréciait beaucoup –, mais il refusait, et il ne restait pas. La plupart du temps, il retrouvait mon père au magasin, ils allaient manger tous les deux… Il y avait beaucoup de pudeur entre eux. Beaucoup de secrets, aussi. Ils étaient proches, oui, mais en même temps, ils menaient des vies séparées. Pas d'invitations à leur mariage, à la naissance de leur fils… Chacun de son côté, comme si une frontière demeurait encore entre eux deux. Peut-être parce qu'ils savaient ce qu'ils se devaient l'un à l'autre, et que cela créait une sorte de gêne. Ou de honte. Peut-être se sentaient-ils prisonniers de leur histoire. Khalil était mon parrain, et c'est comme ça que j'ai interprété le souhait de mon père. Je sais qu'il se demandait souvent ce que Khalil serait devenu s'il avait continué sa guerre sans se soucier de ce photographe français, s'il aurait été plus heureux, ensuite, quel destin il aurait eu… Il s'en voulait, je le sais. Il voulait réparer, c'est une certitude. C'est pour cela que, lorsque Khalil a perdu son travail à l'usine, qu'il a été licencié avec des centaines d'autres, mon père l'a aidé à monter son garage de mécanique, rue de la Croix-Nivert. Il lui a prêté l'argent, et Khalil l'a remboursé, mois après mois, rubis sur l'ongle, toujours en avance. Les banques avaient refusé, bien sûr. Prêter de l'argent à un ouvrier au chômage, à un…

– À un Arabe…

– Oui. Mon père avait vendu quelques tirages des femmes algériennes, celles de la mechta de Aïn Terzine, pour trouver les fonds. Nous n'étions pas riches, tu imagines bien. Mon père avait tourné le dos très vite au journalisme, au reportage, dès son retour d'Algérie en fait… Un panier de crabes, c'est ce qu'il disait. Et puis, cela l'écœurait, faire commerce du malheur, de la mort des gens… Alors, il avait ouvert le magasin. À l'époque, le boulevard Beaumarchais, c'était La Mecque de la photo à Paris. Il y avait, je ne sais pas, quinze, vingt magasins comme le nôtre… Aujourd'hui, je suis le dernier, ou presque. Bref ! Mon père savait que des collectionneurs, des musées seraient intéressés par ses portraits. Il avait déjà refusé plusieurs propositions. Il n'a jamais voulu gagner de fric avec ses images d'Algérie – notamment avec celles-ci. Mais je crois qu'il s'est dit que cette fois-là ça aiderait Khalil. Que le geste était…

– … vertueux.

– Oui. Et puis ton père, il a travaillé tellement dur. Il a rajouté une station-service à l'atelier de mécanique. Puis il s'est agrandi pour vendre quelques modèles. Il est devenu agent Renault…

– Il n'était pas rancunier…

Je devine le sourire de Martin. Je ne sais pas pourquoi je lui dis cela, soudain, comme un jet de gerbe si acide que l'on ne peut plus le contenir :

– J'avais tellement honte de lui. De ses mains pleines de graisse, de cambouis. De l'odeur d'huile de moteur et d'essence qui suintait de lui. Et puis, plus tard, plus honte encore de ses petits costumes quand il a commencé à vendre ses putains de bagnoles. Tout ça pour faire faillite, en plus.

Martin ne dit rien. Puis il ajoute simplement :

– Si cela peut t'intéresser, Khalil avait remboursé l'intégralité du prêt à mon père, et depuis longtemps… Et toi, tu ne dois rien à personne, je pense.

Je raccroche sans un mot.

Le jour est levé à présent. Tous les bruits, tous les murmures, tous les cris de la ville se sont fondus en une seule rumeur. Le mystère s'est estompé. Le danger semble être effacé. C'est cette apparence de paix qui permet à chacun de vivre sous le ciel blanc de pluie.

Elle tombe depuis des heures, nimbe la capitale d'un voile épais. Les rares silhouettes avancent, fragiles comme des ombres. J'ai l'impression d'être suivi par d'anciens moi, pareils à des mues de serpent abandonnées sur le chemin. Je pense à mon père. Les événements, le boulot m'éloignent de lui, de sa mémoire, et j'en éprouve une tristesse sourde et diffuse.

Un café en terrasse, au hasard, Notre-Dame-de-Lorette ravalée, sans âme. La ville devenue musée à ciel ouvert, mais désertée par les touristes depuis les débuts de l'épidémie. Comme inutile. Une pute fardée que les clients ont délaissée.

Dans la rue soudain, alors que je m'éloigne, je sens comme mon père me manque, comme j'aimerais lui demander conseil. Le sentir là, à mes côtés. Rien d'autre que cela. L'entendre...

Ce moment de tristesse profonde, je le connais depuis longtemps. Les crimes et les meurtres, les enquêtes, les attentats ne sont rien d'autre pour moi qu'un long chemin vers ce désarroi. Une façon de l'apprivoiser, de n'être plus à la fin que cela, ce chagrin, et l'accepter et s'en trouver bien, presque serein. Être loin de tout, de l'amour, de soi aussi, de l'amour surtout. Mes enfants, ma femme, ma mère. Mon père... Je suis sans illusion, il me faudra toujours cet éloignement, ce saut perpétuel au plus noir, dans l'abîme, pour être un peu capable d'aimer, jusqu'au prochain appel d'urgence. Tout est prétexte à fuir, quand il faudrait savoir rester. Puis vient le renoncement. Finir en lambeaux. On voudrait raviver les émotions perdues, pourtant l'évidence s'impose : il est trop tard. Je le devine depuis que mon père est mort. On ne renonce à rien, on se contente de remplacer. Même pas remplacer, juste combler le vide.

Alors, perdu dans la foule, les visages masqués, les regards ternis, parmi les parfums et les variations de la lumière sur les façades abîmées, je ne peux que me juger, appréhender mon existence. Elle défile sous mes yeux. Il n'est plus un instant désormais sans que la honte, dans les rues de tous les quartiers traversés, en déjeunant ou sous la douche, m'arrache, même réprimés, une plainte, un gémissement de douleur. Rien à voir avec la mélancolie, c'est de mémoire qu'il s'agit, inutile de fuir plus longtemps. Elle s'imposerait de toute façon, me sonde déjà. Il n'y a plus que la conscience aiguë de ce qui, dans ma vie, aura été médiocre et veule. Elle ne laissera rien sur son passage. On ne s'échappe pas. Les lâchetés, l'égoïsme, la solitude indigne. Se souvenir de ce que nous ne sommes plus. Là est la torture. Se souvenir de ce que nous aurions pu être.

Parfois, comme à présent, je commence à parler seul, à voix haute, au milieu des badauds. Leurs conversations m'échappent, auxquelles je ne comprends rien. Ce déracinement perpétuel. Je ne sais plus lutter. Je soliloque, étreint soudain par la peur de perdre l'usage de ma langue, ses subtilités, ses arrangements avec la réalité. « Tu m'en fais voir », disait ma mère quand j'étais enfant. Je crains, non pas de ne plus être capable de la parler, mais de la sentir, la deviner vibrante au fond de moi. Un autre cœur, devenu peut-être plus essentiel que le premier. Un cœur qui ne pomperait plus uniquement de l'oxygène et du sang. Mais palpiterait de souvenirs et de paysages, de visages, de moments. Autant de mots. Mais quels mots, et dans quelle langue ?

33.

La ville, la banlieue sont surveillées sans relâche. Les passants, contrôlés, filmés à leur insu, photographiés, leur QR code scanné à l'entrée des galeries, des magasins. La peur d'un rassemblement, d'une soudaine émeute, d'un embrasement qui emporterait sur son passage la vitrine des magasins de luxe, la terrasse des restaurants, la paix fragile et factice qui règne sur le pays, tenaille de nouveau le pouvoir. Le mois dernier, l'État a mis en place, gravé dans le marbre d'une ordonnance législative, et sous couvert d'un état d'urgence sans cesse prorogé, un système inédit de patrouilles, d'arrestations arbitraires, de gardes à vue préventives, de comparutions immédiates et de condamnations délivrées dans la foulée. Avec mandat de dépôt, souvent. La répression pour seule réponse au désespoir, à la colère. Jamais les flics n'ont été à ce point haïs en France. Jamais il n'y a eu autant de suicides dans nos rangs. De séparations, de divorces – nos gosses sur le carreau.

Et pourtant, la lumière, et comme il fait beau… Une sorte d'été indien plane de nouveau sur la capitale, très bref, très intense. Une sorte de chant du cygne au mitan de novembre. Je me dis que cette lumière, ces lueurs qui dansent sur les façades seront les dernières avant longtemps, les dernières avant la fin.

J'ai placé mes pas dans ceux de Manu et j'ai enfin rejoint la rue du Bastion. La SAT a besoin de bras. Ou d'Arabes. Ou des deux. J'ai pensé à lui en m'installant au bureau qui lui était destiné. La plupart des collègues ont eu un mot pour lui, et ça m'a réchauffé.

Ce matin, à l'heure de pointe, un brigadier est mort, assassiné d'un coup de lame, à la station Charonne. J'ai dû m'y rendre. Peut-être parce que mes supérieurs ont cru à une attaque islamiste. Peut-être qu'ils se sont dit on file ça au bicot.

C'est étrange de revenir ici. Pourtant, je n'y suis jamais venu... Jamais physiquement. Je m'en rends compte à présent. Charonne a toujours été de ces rares lieux à Paris que j'ai voulu éviter avec constance. Même en 2015. Sans vraiment savoir pourquoi. Évidemment, ni l'endroit ni ses alentours ne sont restés les mêmes depuis le temps où... À la préfecture de police, le souvenir est tabou, on n'en parle pas, c'est tout. On sait. Les collègues qui officiaient ce jour-là sont tous morts ou à la retraite. Quant au préfet de l'époque... Je ne me rappelle pas davantage en avoir entendu parler à la maison quand j'étais enfant. Il est vrai qu'on n'évoquait jamais ces choses-là. Idem pour le lycée, la fac, je ne me souviens de rien. Effaçant peut-être inconsciemment tout ce qui aurait pu, aurait dû me blesser.

Le 7 février 1962, à Boulogne-Billancourt, l'OAS, l'Organisation armée secrète, a déposé une charge de plastic sur le rebord de la fenêtre d'André Malraux. En explosant, la bombe a défiguré une gamine de 4 ans. L'émotion est grande à travers le pays. Toute la gauche, tous les syndicats appellent alors à une grande manifestation le soir du 8 février. Une marche de soutien en faveur des Algériens. C'est un jeudi, le temps est maussade place de la Bastille alors que les manifestants se rassemblent malgré l'interdiction de Roger Frey, le ministre de l'Intérieur. Le préfet de police Papon déploie des forces importantes tout autour de la place. Échauffourées, provocations, affrontements. Les manifestants sont fous de colère, ils éprouvent les flics. On comptera près de deux cents blessés dans leurs rangs. Alors les brigades spéciales donnent la charge. Elles ne feront pas le voyage pour rien. Les manifestants, très jeunes pour la plupart, se dispersent vers le boulevard et la place Voltaire. Les matraques se rapprochent, le souffle des brigades dans la nuque, des filles tombent, on leur marche dessus. L'émeute tourne à l'affolement d'un côté, à la rage de l'autre. Tout cela, ce désir de meurtre, cette volonté d'en finir, c'est peut-être la guerre d'Algérie, son legs au pays, la fatalité de l'affrontement, et le goût amer du sang. Je ne sais pas. Ce soir-là, des gamins courent devant les flics, je crois qu'ils ont peur, qui n'aurait pas peur ? Le 17 octobre 1961 est dans toutes les têtes, nourrit toutes les rancœurs, la haine aussi. Ils courent à en perdre haleine, traqués, on entend les sifflets des forces de l'ordre, comme pour l'hallali. Le métro, la station toute proche. Ils s'y ruent en nombre, dévalent l'escalier. Pour se cogner aux grilles. La préfecture a donné la consigne de les fermer dès le début de l'après-midi. L'échappatoire est devenue souricière. La police s'acharne sur la foule. La cohue est compressée contre les rambardes. Des manifestants sont frappés jusqu'au sang, assommés, puis jetés sur ceux qui restent bloqués contre la grille d'entrée. Pris de folie, avec le désir de tuer très probablement, les flics descellent les plaques d'acier qui enserrent au sol le tronc des platanes. Puis les balancent sur les manifestants pris au piège. Cela tourne au carnage. Neuf morts. Fractures du crâne, étouffements, infarctus. Deux cent cinquante blessés. Pour l'Algérie, l'indépendance.

Tout cela remonte en moi comme une mauvaise gerbe. Cela ne me concerne pas, et cependant cela me hante sans que j'en aie véritablement conscience. Je n'aime pas Charonne, le goût qu'il me laisse, les interrogations qu'il m'abandonne. Ai-je vraiment choisi le bon camp ? Est-ce pour cette raison que mon père m'en voulait tant ? Qu'il refusait d'évoquer mon métier malgré les efforts de ma mère pour nous rassembler ? Me considérait-il comme un traître à sa cause muette ?

Le périmètre a été sécurisé ; la scène de crime, établie. Le corps du gardien de la paix gît dans une mare épaisse, la gorge ouverte. Un sang noir qui glisse lentement vers le caniveau. Comme il y a de morts dans la vie d'un homme ! Je demande si les caméras de surveillance ont filmé la scène. Réponse négative. Elles étaient en réfection depuis que la dernière manifestation des « Gilets jaunes » les avait prises pour cible. Les lenteurs administratives habituelles, le manque de moyens, les formulaires et les autorisations qui erraient de couloir en couloir entre la préfecture et le ministère. La merde canal habituel. Je donne l'ordre de repousser les caméras de télévision, les photographes. Les badauds aussi. On me rapporte que sur les ondes certains appellent déjà au renvoi des étrangers vers leur pays d'origine. À l'organisation de milices citoyennes. Bien. Les collègues sur place penchent aussi pour un attentat islamiste. Personne n'a rien vu, rien entendu. Le gardien de la paix Humblot est tombé sans témoin, en portant la main droite à son cou, sans souffrir, et presque en douceur. L'agresseur s'éloignant déjà, calmement, alors que sa victime agonisait en silence. Un jeune inspecteur me tend l'arme du crime. Elle a été placée dans une pochette de plastique afin de la protéger.

– A priori pas d'empreintes exploitables, dit-il. Le meurtrier devait porter des gants.

– Il n'y a pas eu de cris ? Je veux dire, pas de « *Allahou akbar* » ? Rien ?

– Il ne semble pas. Cela dit, la circulation était terrible, et il y a des travaux juste là, dit-il en désignant un échafaudage derrière lequel des ouvriers s'acharnent à nettoyer une façade de pierre de taille au jet haute pression.

– Beaucoup de bruit, en effet.

– Sans compter les marteaux-piqueurs là-bas… Des problèmes avec la fibre…

– Bref, personne n'a rien vu, rien entendu, et notre type est mort comme un chien sans que personne s'en soucie ?

– C'est à peu près ça, oui.

Je reviens à l'arme du crime. Et je suis frappé par la beauté de cette lame, par le manche ciselé. C'est étrange, mais le sang qui y coagule à peine en renforce encore l'éclat, la perfection. Je vais me pencher un instant sur le corps afin d'examiner la plaie. Elle est nette, claire, sans à-coups ni accrocs. La chair non pas déchirée ou lacérée, mais comme soigneusement découpée, d'un seul trait. Avec une sorte d'attention, ou plutôt dans un geste fluide, absolument maîtrisé. Naturel. Ce n'est pas un attentat islamiste. C'est autre chose.

34.

Ce soir, mon père a la voix d'un jeune homme. La voix de Karim. Ce dernier a préparé le café, puis inséré ma clef USB dans son ordinateur. À présent, nous écoutons mon père, ce qu'il voulait me dire, que je ne comprenais pas, que j'ai tant tardé à entendre.

Ce soir, mon père a la voix de Karim quand il traduit :

J'étais à bout de souffle, à bout de souffle, mon fils, tu comprends ? Mon complet, il me collait à la peau. Trempé ! J'avais perdu une chaussure et j'avançais en boitant. Je pouvais à peine courir. Mais il le fallait. Courir encore.
Ils avaient commencé à nous poursuivre tout au fond du grand boulevard, il pleuvait déjà. Le cortège s'était disloqué au troisième assaut.
Je n'ai pas eu le choix, tu sais, fils, j'ai répondu à l'appel du FLN et je suis allé manifester, comme tous les autres. Je ne voulais pas me faire repérer. Finir avec une balle dans le crâne, ou la gorge ouverte. Je connaissais leurs méthodes.

Nous devions nous habiller. Costume pour les hommes, robe pour les femmes. Une foule digne, voilà ce qu'il voulait, le FLN. Pour la presse du monde entier. Alors nous avons marché sous la pluie, dans le froid et la nuit. On avançait calmement, et je ne sais pas ce qui s'est passé tout à coup. La police a voulu nous disperser, elle a chargé. Et nous, on s'est mis à courir comme des fous. Dans tous les sens. On s'engouffrait dans les rues, les ruelles, les passages qui s'ouvraient devant nous. Mais ils nous poursuivaient avec leurs matraques et on a vite été pris au piège. Moi, j'étais en bonne condition, je mangeais de la viande tous les jours, j'étais fort à cette époque. J'ai réussi à me cacher un moment sous une porte cochère, à monter un escalier. Tout en haut, au sixième ou au septième, il y avait un vasistas, une échelle de secours, je me suis hissé sur le toit. Des cris terribles, des hurlements sont montés de la rue, alors, en rampant, j'ai rejoint la gouttière et j'ai regardé.

Je t'ai jamais parlé de tout ça, mon fils, hein ? Il est temps à présent, il est temps. Peut-être que tu comprendras… ce que je voulais, c'est que tu aimes ce pays. Si je te racontais ce que j'ai vu, ce que j'ai subi, j'avais peur que tu ne puisses plus l'aimer, que tu vives ici comme moi, comme un exilé. Un apatride. Je voulais que toi, mon fils, tu sois d'ici, que tu n'aies rien à voir avec l'Algérie. Mais tu vois, l'Algérie, je n'ai jamais réussi à l'extirper de moi.

Ils avaient amené des autobus sur le boulevard, et tous ceux qu'ils avaient attrapés, ils les jetaient dedans à coups de matraque. Les bus étaient pleins et même de loin je pouvais voir le visage des hommes contre les vitres. Je me souviens de la peur dans leurs yeux. Une fois chargés, les bus repartaient. J'ai su plus tard qu'ils allaient vers le Palais des Sports à la porte de Versailles. Tu sais, cette grosse boule grise, tu me demandais ce que c'était quand tu étais petit et que je t'emmenais au Salon de l'auto. Au fort de Vincennes aussi. Pour les interrogatoires. Beaucoup n'en sont pas revenus. On les a cherchés longtemps au bidonville…

Je me souviens qu'à un moment j'ai relevé légèrement la tête et j'ai vu de l'autre côté de la rue une fenêtre éclairée sur la façade. La lumière allumée dans un grand salon, une famille était installée devant la télévision. Bien à l'abri, au chaud. Je crois que c'est là que j'ai compris… Que je ne pourrais jamais vraiment faire ma place ici.

J'ai fini par descendre du toit, par rejoindre la rue. Il y avait du sang sur les trottoirs, et dans les caniveaux aussi. Tout était désert. J'ai rasé les murs et je me suis dirigé vers le boulevard. Tu vas trouver ça idiot, fils, c'est si loin tout ça, mais je me souviens de l'affiche éclairée du cinéma Rex. Un film avec Gabin. Le cave se rebiffe. *Mais peut-être que c'est resté gravé dans ma mémoire parce que je ne voulais pas me souvenir de ce que je voyais sous les affiches. Tous ces cadavres entassés. Leur crâne enfoncé, le sang qui coulait encore sur leur visage, sous la pluie. Alors je me suis mis à courir à nouveau. Sans savoir où j'allais, en évitant les avenues, les rues trop larges. Je ne sais pas combien de temps j'ai couru comme ça, je sais seulement que je me suis retrouvé sur un pont. Le pont Saint-Michel, peut-être. Un peu plus loin, un homme, un Algérien, se tenait sur le rebord du pont, s'y accrochait désespérément. Il était entouré de policiers en uniforme, et d'autres hommes en civil, qui le frappaient de toutes leurs forces. À coups de poing et de matraque. Jusqu'à ce qu'il lâche, et qu'ils le poussent dans le vide, dans la Seine. Quand ils m'ont vu, ils m'ont pris en chasse, je n'en pouvais plus de courir. Ils m'ont rattrapé près de la rive et m'ont frappé, puis ils m'ont jeté à l'eau.*

Sa voix se brise dans une mauvaise toux, dans un crachat retenu, dans quelques sanglots. Karim interrompt la lecture du fichier. Nous restons là, silencieux, comme interdits. Sans même oser nous regarder. Le café cette nuit est d'une amertume infinie.

– Tu veux écouter un autre enregistrement ? demande-t-il doucement.

– Je crois, oui.

Alors, à nouveau la voix de mon père m'a saisi, et je sens à quel point j'aurais dû mieux l'entendre quand le temps m'en était donné.

J'avais froid en France, dans les années 1960. J'avais froid et j'avais peur. Et ça n'a pas cessé au fond. À ta naissance, fils, près de vingt ans après mon arrivée, j'ai enfin compris, enfin admis que je ne pourrais plus jamais revenir chez moi. Ma vie était ici pour toujours. Et c'est peut-être pour ça que je t'en ai tant voulu. Tu ne peux pas le savoir mais, depuis mon arrivée, en 1961, je gardais un billet de bateau dans mon portefeuille. Chaque année, avant qu'il ne soit plus valable, j'allais l'échanger contre un nouveau, valide pour les douze mois suivants. C'était comme une superstition, comme si je prenais une assurance pour l'avenir. Un jour, je rentrerais chez moi. J'avais si froid en France, dans ces années-là. Il pleuvait sur la neige, à Nanterre, dans le bidonville. Avant de partir à la boucherie, je faisais ma toilette au-dessus d'une bassine. L'eau était glacée. J'écoutais les nouvelles sur Luxembourg, sur un petit transistor que m'avait donné Georges Bertrand, j'apprenais la langue, je n'ai jamais cessé d'apprendre, de vouloir comprendre. C'est ce qui m'a sauvé. Je ne pouvais me contenter de ce que je savais, et plus tard de ce que nous avions. Je me suis trompé, tu me pardonneras, fils ?

Tout le monde rêvait de rentrer au bled. On en discutait, les Arabes, du retour. Les Algériens, ceux de Tunisie, les Marocains. Kabyles, Berbères… Nous, Imazighen. Puis, peu à peu, certains ont cessé d'en parler, et même d'y penser, l'espoir avait passé, ils resteraient là. Et leurs enfants aussi, des petits Français. Moi, je n'ai pas arrêté d'y songer. Tu avais la nationalité, et moi

aussi, j'aurais pu l'être, français, j'étais marié. Mais je n'ai jamais voulu. Je refusais de donner raison à ceux qui m'avaient chassé d'Algérie. Exilé de mon pays pendant la guerre. Je n'avais pas eu le choix à cette époque, je devais partir, aucune alternative. Je n'avais pas voulu gagner l'indépendance pour perdre la liberté. Ou la vie. Parce qu'ils m'auraient tué, tu sais.
Alors chaque mois, je montais à la préfecture pour les papiers. Deux heures de bus, de métro, puis le retard, à l'usine. Les gars étaient gentils avec moi, ils fermaient les yeux, même le contremaître. Ils connaissaient tous mon histoire. Alors je faisais des heures supplémentaires... Pour l'argent. Pour qu'ils me respectent aussi... C'est de cette manière que j'ai payé la salle de bains du premier appartement, celui de Courbevoie, tu te souviens ? Comme ça, tu pouvais te laver dans un bain. Y jouer longtemps sans avoir froid. Je te revois sourire quand je rentrais le soir. Aujourd'hui, tu es là devant moi, je t'aperçois, je te parle et tu ne me réponds pas, est-ce que tu m'entends seulement ? Je ne sais rien de toi, fils, rien. Et c'est ma faute. Si maintenant je dois mourir, alors ce qui me reste de mémoire est ma prison.

À nouveau, Karim interrompt la lecture.
– Je vais refaire du café, d'accord ?
– Je veux bien, oui.
La nuit est profonde, qui vient se poser au vasistas, menacer de tout engloutir, chaque

murmure, chaque battement de cœur, et toute la douleur du monde. J'écoute le frémissement de l'eau sur la plaque électrique. Peu à peu, une mélodie étrange s'élève dans la chambre de bonne. Elle semble flotter dans l'air, sinueuse et déterminée à la fois, monter et s'abaisser dans un rythme que je ne parviens pas à saisir. C'est une musique sans tempo, elle s'insinue et tremble en moi, elle me déchire l'âme et le cœur. Je voudrais demander à Karim de couper le son, je ne veux plus entendre. Et cependant, je me sens avide de la douleur qu'elle m'inflige. Elle est comme un chemin qui s'ouvre à portée de pas, que j'hésite à emprunter. Quelque chose résiste encore en moi alors que l'oud gagne en intensité. Alors que la voix d'une femme serpente longuement avant de m'atteindre là, juste sous le cœur, jusqu'à me couper le souffle. Quelque chose vacille et me bouleverse. Quand Karim vient s'asseoir avec les deux *finjaan*, mon regard est flou, voilé de larmes.

– Cette musique, c'est quoi, Karim…

– Elle te plaît ?

– Je n'en sais rien. Elle me fait mal surtout. Et cette voix. Tu m'expliques ?

– C'est un *maqâm*. Comment te dire… Ce n'est pas une musique en soi, mais un système mélodique et rythmique. Une musique nodale, où il n'existe pas d'harmonie préétablie. Mais que des variantes. C'est comme un canevas, si tu veux. Sur lequel les musiciens, les chanteurs peuvent improviser. C'est complètement ouvert. En fait, le *maqâm*, c'est un point de départ, un chemin ouvert. Il peut durer deux minutes comme plus de vingt. Mais il comporte des règles strictes, élaborées par les théoriciens au fil des siècles. Ce qui est intéressant, c'est que ces règles ne cessent d'évoluer. Elles doivent être apprises. Et transgressées.

– Qui chante ? Qu'est-ce qu'elle chante…

– Elle, c'est Aïcha Redouane, une Marocaine. Berbère. La chanson s'appelle « Wâ zâdi qâlilun », « Faible est ma provision ». C'est un poème soufi mis en musique…

– Je pensais pas qu'un chant pourrait me toucher à ce point.

– T'atteindre…

– Oui, c'est exactement cela…

– *Nahda*…

– Tu me traduis ?

– C'est un vieux mot. Il signifie le pouvoir et la force. On dit qu'il évoque l'oisillon appuyé sur le rebord du nid et prêt à prendre son envol…

Nous terminons notre *qahwa* en silence, alors que la voix de Aïcha Redouane se tait lentement, une dernière note retenue dans la gorge, comme une plainte muette, un sanglot. Une douleur soudain close.

– Je passe un nouvel enregistrement de ton père ?

– S'il te plaît, oui.

Je les regardais vivre, ces Français. Et j'aimais leur vie. Je l'enviais. À deux pas… On n'était pas invités souvent, enfin, moins que les autres, qui bossaient avec moi à l'atelier. Mais c'était normal, on était différents. Une femme, une catholique en plus, avec un Arabe. Ils s'imaginaient quoi ? Et puis, quand nous étions dans les maisons des camarades, on se tenait toujours à l'écart. Je ne sais pas pourquoi. Il n'y avait pas de raison d'avoir honte. Je me souviens quand j'ai acheté ma première auto ! Une Renault. Neuve. Je ne voulais pas d'occasion. À la banque, ils m'avaient accordé le crédit. Je venais de passer OS. En tôlerie, ce n'était pas rien, à l'époque. Le contremaître m'avait à la bonne. On avait un Frigidaire aussi. Une salle de bains complète. La voiture, c'est la première chose qu'ils ont reprise à la fermeture de l'usine. Une R16. Vert pâle.

– Je ne me souviens pas de cette bagnole, c'est drôle. Peut-être qu'il l'avait achetée avant ma naissance... Je me rappelle qu'à un moment on a eu une R20, bleu métallisé. Il l'adorait, ce con. Il avait tenu à nous accompagner chez mes grands-parents maternels, dans l'Indre. Ils ne pouvaient pas l'encadrer, alors lui il nous laissait y aller en train. Pour éviter les frictions. Mais cette fois-là, il nous avait emmenés, ma mère et moi. Pour montrer à ces connards comme il avait les moyens... Je me souviens aussi que cette fois-là j'avais été bien fier moi aussi.

– On continue ?

Karim ouvre un nouveau fichier et la voix de mon père vacille comme une flamme. Juste avant d'être mouchée :

Après le licenciement, puis surtout après la faillite du garage, j'ai voulu rentrer chez moi, fils. En Algérie. Dans l'Aurès. Prendre le bateau pour rentrer chez moi. J'ai pris le train, un matin, sans rien dire à ta mère, j'ai pris le train jusqu'à Marseille. Le soir, j'ai traîné autour de Saint-Charles. Je n'osais pas encore rejoindre le port. Les voyageurs se mélangeaient sur les quais. Ils cherchaient leur train. Je ne sais pas ce qui m'a pris, j'ai saisi la main d'un enfant et je l'ai attiré avec moi. Il avait peur, il n'osait rien dire. Je connaissais ces yeux-là. C'étaient les tiens. Je le tenais par les bras, derrière un kiosque à journaux, personne ne nous voyait. Un père et son petit garçon. Je le regardais, des minutes entières. Les haut-parleurs prévenaient des départs. Il cachait mal sa peur. Mais il avait tout compris : retenir autant qu'on peut ses sentiments, ses émotions. Comme toi. Je caressais son visage, embrassais sa joue, respirais le parfum dans ses cheveux. Je le serrais contre moi. Comme je n'ai jamais su le faire avec toi, fils. Habibi... *Puis je l'ai laissé s'enfuir. J'ai rejoint le port. Le bateau. J'ai imaginé que je regardais s'éloigner Marseille, la France. Mon cœur battait dans ma poitrine. Indifférent. Alors j'ai rebroussé chemin et je suis rentré à Paris. Ta mère ne m'a pas posé de questions. Elle savait que je vivais loin de moi depuis que je vis loin de mon pays.*

– Tu n'as pas traduit *habibi*...

– Je croyais que tu savais. Tout le monde sait ça.

– Ben, pas moi.
– Ça signifie « mon amour ».

On tient, on tient, on tient, et puis un jour, c'est fini, tu tombes. Je suis tombé.
Mon petit, je te tapais. Et il n'y a rien d'autre à dire. Je n'ai jamais osé demander de l'aide. Je ne pouvais pas m'en empêcher. Ça me prenait d'un coup. Je te voyais, tu me guettais. Tu avais l'air fragile, tu m'aimais, je crois. Qu'attendais-tu de moi ? Quel jeu, quelle présence ? Je voyais bien que tu m'en voulais même pas, après. Et c'est ça qui me rendait fou. Ça, et le pouvoir total. Parfois, on voudrait tout briser, même le sacré. Ce sont les hommes. C'est comme se libérer. Se tourner le dos. Le bats pas ! Le bats pas ! C'est ce que je me disais…
J'ai toujours eu en moi la violence. Mais le courage…
Quand tu es devenu policier, j'aurais dû être fier de toi. Te le dire, au moins. Mais comment faire… La police, dans ce pays, le mal qu'elle nous a fait… Je n'ai pas pu. J'ai encore manqué de courage. Me pardonneras-tu ?

Non.

35.

La ville est bouclée, quadrillée. Les hélicoptères tournent autour des toitures de zinc, d'ardoises, se relaient d'heure en heure. Les chaînes d'info reprennent les pauvres faits dont ils disposent depuis vingt-quatre heures. Un gardien de la paix a été tué au métro Charonne par un inconnu qui s'est enfui. Les recherches se poursuivent. En vain. L'hypothèse islamiste est privilégiée. L'enquête a été confiée au parquet antiterroriste. Par ailleurs, le gouvernement vient de faire appel à l'armée afin de quadriller le pays dans la crainte d'une nouvelle vague d'assauts – ce sont ses termes. Le tout en boucle. Afin de plonger le pays dans plus de peur encore. D'incertitude. De quoi resserrer davantage la laisse, le licol, de tirer sur le mors jusqu'au sang, jusqu'au désespoir. La résignation. Appelons cela un effet d'aubaine.

Le soir s'annonce à nouveau. Il enfonce les vagues de pluie prises entre le faisceau des phares. À chaque carrefour, les contrôles s'intensifient. Les passagers sont invités à descendre de leur voiture, à ouvrir leur coffre. Les collègues se concentrent particulièrement sur les véhicules immatriculés en banlieue est, en banlieue nord. Les conducteurs sont souvent des métèques, des crouilles, des Noirs. Je sais tout cela. Je fais semblant de n'y prêter aucune attention. Je suis revenu place de Clichy. Le Wepler est ouvert et les lumières de la brasserie tremblent en reflet sur le trottoir. Mon père est si loin, et je sens bien comme je m'éloigne moi aussi. Je laisse les collègues à leurs contrôles. Nous sommes ici parce que nous avons été prévenus. Un type à l'allure bizarre, à l'air égaré, traîne dans le quartier. On l'a peut-être vu armé d'un couteau. Je ne sais pourquoi, mais j'y crois. J'y crois parce que c'est bien ici qu'un type perdu pourrait vouloir se retrouver. Parmi les embouteillages, le bruit, les lumières. Dans ce tourbillon indistinct, vouloir se fondre et se dissoudre. Je me place sur le trottoir opposé, à quelques pas de La Cigale. Les badauds ralentissent quand ils voient les gyrophares borner la place, la silhouette des CRS harnachés comme s'ils partaient se battre dans l'espace ou contre le futur. Grotesques, effrayants aussi. Je peux le comprendre. Je prends une cigarette. J'inspire une large bouffée, que je garde ainsi, en suspens. Avant d'expirer lentement. Alors, devant mes yeux, le monde soudain tourne au ralenti. Je saisis le flux des mouvements, leur apparente harmonie. Ce sont les mêmes pas, les mêmes gestes, les mêmes regards. Je sais ce que je guette. La discordance. Le pas de côté, le geste brusque ou plutôt le mouvement décalé. Celui qui trahira de la nervosité, de la peur, l'envie de tuer ou de prendre la fuite. Je n'entends plus rien, ni moteurs, ni sirènes, ni invectives. Je suis à la fois hors du monde et plongé au cœur du monde. Pas un visage, pas un regard ne dépasse. C'est le même troupeau, la longue cohorte des vaincus. Mais ce mot est banni désormais pour les désigner. Ils ne sont pas soumis, non. Ils sont résilients.

Je le vois soudain, à deux heures. Lui est différent. La tête haute, le regard noir et dur sous la capuche de son imperméable de sport. La stature haute et les épaules droites. L'allure d'un type qui n'en a plus rien à foutre. Il s'extrait d'un rideau de pluie. S'avance calmement vers les gardiens de la paix, les collègues qui procèdent aux contrôles. Il ne m'a pas vu, je suis en avance sur lui. Je fends la foule, bouscule les passants, évite un scooter et c'est alors qu'il me voit. Je crois qu'il sourit. Quelque chose brille dans sa main gauche. Un couteau, je crois.

*

La nouvelle tombe au journal de la nuit. Le suspect vient d'être abattu. En pleine rue. Un peu avant 23 h 30. Au moment où il s'approchait, armé d'une longue lame, d'un policier en service à l'angle de la place de Clichy et du boulevard Rochechouart. Sur le plateau d'une chaîne d'info, un rebelle officiel, idiot utile du régime, affirme que les flics l'ont flingué comme un chien.

Sans même essayer de l'arrêter, de le désarmer. D'après les premiers témoignages, il n'y a pas eu de sommation. Juste le feu nourri des parabellum. Comment lui donner tort, comment lui donner raison ? Dans cet entre-deux, il y a cette notion désuète. Le devoir. Je ne pouvais pas ne pas. Il me restera pour longtemps le corps qui s'écroule sans un cri. Le sang sous la pluie.

Un spécialiste des questions de sécurité, au crâne chauve, au regard joyeux, atteste que l'homme, inconnu des services de police, était âgé de 27 ans. Son identité n'a pas été dévoilée pour l'instant. Il évoque un « loup solitaire ».

Je suis fatigué.

36.

Je n'aurais pas dû prendre cet appel. La toux grasse et rauque, suivie d'un souffle aigu, de mots ravalés, trempés de morve, de larmes. D'un peu de sang aussi, probablement. Cancer ou tuberculose, les poumons atteints au plus sombre, au plus profond. Là où repose toute la tristesse, en un étrange coaltar. Dans cette respiration à l'agonie, je discerne encore le souvenir d'une silhouette dans la rue, à deux pas de l'Étoile, le grain de soie poudrée d'une peau mate, d'un bras replié sur l'oreiller, d'un regard si noir dans la pénombre d'une chambre que la nuit même venait s'y cogner. L'écho d'une voix qui rêvait « une fois au moins » de « sauver quelqu'un », et d'un langage inconnu que j'entendais vraiment pour la première fois. Puisque c'est à moi qu'elle adressait ces mots-là, cet arabe nocturne arraché à la violence et à l'oubli. Zeïna.

– Vincent… Je sais que je te fais chier, que je devrais pas t'appeler comme ça… Mais…

Elle chiale sans pouvoir s'arrêter. Autant de chagrin que de rage.

– Qu'y a-t-il, Zeïna ? Je peux faire quelque chose ?

– C'est Sandra… La petite… La gamine dont je t'avais parlé, tu sais, qui avait disparu…

– Je me souviens, oui. Je suis désolé, je n'ai pas eu le temps de m'en occuper sérieu…

– Elle est morte, Vincent. Elle est morte.

Je n'ai rien à dire. Il n'y a rien à dire. Je ne suis pour rien dans cette disparition, dans cette mort-là. À la vérité, je ne ressens rien. Nulle peine ni émotion. Même le chagrin de Zeïna ne m'atteint pas. Et pourtant. Soudain, alors que je l'entends lutter pour retrouver son souffle, les visages défilent, leur expression sidérée, et toute la solitude, la tristesse qui se lit sur leurs traits. Je pense à tous ceux que j'ai blessés, laminés, estropiés. Mes amis, mes enfants et leur mère, mes victimes. Je commence à comprendre. Je me suis acharné à vivre hors du monde, à ne jamais me laisser atteindre, me laisser toucher vraiment. Ce n'était pas seulement la crainte d'être blessé mais une sorte de méchanceté naturelle. De cruauté même, qui me poussait à m'éloigner toujours, à prendre et à garder mes distances jusqu'à éprouver une sorte de plaisir à voir les autres se cogner contre mes silences, s'écorcher aux murs que j'érigeais entre moi et le monde. Le sentiment de ma propre puissance, la force de mon caractère. Ressembler à mon père.

– T'es toujours là, Vincent ?

– Oui, Zeïna, je suis là. Qu'est-ce que je peux pour toi, dis-moi…

– Je sais pas comment faire pour le corps. Je veux pas qu'on la jette dans un trou comme ça. Et puis, les schmitts, ils m'ont dit qu'il y aurait une autopsie. Et moi je veux savoir…

Les larmes à nouveau, les sanglots empêchés par la toux. Elle se reprend.

– Je veux savoir comment, de quoi elle est morte.

– J'ai compris, Zeïna. J'irai à l'autopsie et tu pourras récupérer le corps.

– Je peux compter sur toi, hein ? Je peux compter sur toi ?

– Oui, Zeïna, tu peux. Je te manquerai pas cette fois. Je t'appelle dès que c'est fait.

– T'es un prince, toi.

Elle raccroche dans une dernière quinte. Puis c'est une sorte de silence habité qui bourdonne à mes oreilles. L'écho des pleurs, je l'entends encore, là, devant moi, dans ce bureau qui sent la sueur et le café froid. La vie et la cendre.

De l'autre côté de la vitre, d'autres douleurs palpitent, et tout cela, toute cette tristesse, je le pressens, n'aura pas de terme. Les grues au-dessus d'immeubles inachevés, de chantiers en attente. La poussière vole entre les pelleteuses, et qui sont les vrais fossoyeurs de nos illusions ? Voici notre chemin. Je les sais là, tout près, les hommes qui dorment sur des cartons, se ménagent un abri dans des cabanes de fortune posées sur les bouches d'aération du métro, sous un abribus, dans le renfoncement d'un hall d'entrée. Leurs odeurs dégueulasses. Et puis le pire, les enfants.

Ils sont près de mille à Paris, parmi les rats, aux proches alentours. Des mômes qui cherchent un refuge à travers la ville. Sous les arcades d'un marché, les voûtes de la coulée verte, les halls d'immeubles, les cages d'escalier. Absolument seuls. Des migrants ? Pas seulement, pas seulement. Des mômes d'ici, aussi, qui essaient de dormir un peu dans un bus – aller-retour jusqu'au terminus – et qui arriveront le teint blême, les joues creuses à l'école demain matin, leur cartable trempé sur le dos parce qu'ils auront passé la nuit dehors. Parce que les portes cochères sont closes, gardées par des codes d'accès. Voici la France d'aujourd'hui : un pays perfusé à la trouille, qui se chie dessus. Sur tous les écrans, des publicités pour les compagnies d'assurances, les mutuelles, les alarmes, les sociétés de surveillance. La France, aujourd'hui, ce qu'il en reste. Les lambeaux, les haillons. Le spectacle avant l'assaut.

37.

La mère de mes enfants. C'est elle qui m'a imposé ce rendez-vous. Son message ne me laissait pas le choix : « Il faut que je te parle de tes fils. Je serai au Square jeudi à 20 heures. Et tu y seras aussi. Je crois que tu me dois, que tu nous dois bien ça ! »

Difficile de lui donner tort. Tant de semaines que je n'appelle plus, que j'ignore les messages, les SMS. Que je m'enfonce seul dans ma nuit. Alors, cette fois-ci, j'ai répondu d'un texto : « J'y serai. »

Elle m'observe à présent, elle s'est posée dans l'embrasure de la fenêtre du restaurant. Elle est arrivée en avance, avec la crainte probablement que je ne vienne pas. Je termine ma cigarette avant de rejoindre notre table. Je sais ce qu'elle pense, qu'il existe un autre homme chez moi, qu'elle n'a jamais connu vraiment, un homme en profondeur, bien en dessous des apparences – et que cet homme est désespéré. Souvent, elle a essayé de m'en parler, et je l'ai éconduite chaque fois. Je me tourne vers la vitre, elle me regarde.

Il y a de la colère, de la tendresse, de la douleur. À la fin du repas, je serai tout à fait seul, et ce sera un soulagement pour elle et moi, je crois. Je tire une dernière bouffée, jette ma clope dans le caniveau. Mauvais citoyen.

Je m'assieds enfin, plonge mes yeux dans les siens. Je retrouve son beau visage, les hautes pommettes, les yeux effilés d'un gris mâtiné de bleu, d'un soupçon doré aussi. Le nez très droit, grec aquilin, ce mélange qui m'a toujours fasciné, cette ligne que j'ai tant aimé deviner sous mes lèvres, mes doigts. Ce visage, je l'ai connu par cœur, j'aurais pu le dessiner les yeux bandés. Ce visage, et ce corps – long, souple et tendu, élancé vers le plaisir, la vie. Je me souviens du grain de sa peau, de ses parfums lorsque je plongeais vers elle. Je me souviens que j'avais été heureux à ses côtés. Longtemps. Et qu'elle aurait pu me sauver. Peut-être. Si je l'avais laissée faire, et s'approcher davantage.

La ville s'encadre violemment dans la fenêtre, un cirque sombre, plus noir que la nuit. Les réverbères sont en rade ; l'électricité, rationnée. Les rues sont vides, on dirait que plus personne n'y croit dans ce pays. C'est elle qui parle d'abord :

– Tu habites où ?

Je ne réponds pas, commande une bouteille de chambolle-musigny.

– C'est un bon vin pour des retrouvailles, non ?

Elle acquiesce dans un sourire. Notre premier flacon, notre premier dîner. Elle se rappelle, elle n'oublie jamais rien. Et moi je sais que j'aurais pu avoir, toujours, ces attentions pour elle – ce geste de la main pour effleurer sa joue, comme si je voulais capter au plus près son regard, lui apporter force et douceur mêlées. Et pourtant… J'avais si vite cédé. Une sorte de lassitude s'était emparée de moi, comme si j'étais devenu le spectateur de ma propre vie. Et même maintenant, suis-je vraiment ici, face à elle, face à Anna, que j'ai aimée, face à la mère de mes fils ?

Nous choisissons les daurades, à la carte. Pas d'entrée, non. Le silence s'installe, nous sommes presque sereins. Tous les deux, nous savons que c'est la fin de notre chemin. Nous prenons encore un peu le temps. Nous nous reconnaissons.

Je finis par lui raconter. Le deuil violent de mon père, la quête d'une langue étrangère, le dialogue impossible, rompu pour toujours :

– Nous n'aurons plus aucune chance de nous retrouver, lui et moi. Aucune chance de nous comprendre…

– Mais tes enfants, notre famille, moi… T'éloigner comme ça… Vincent ? Pour quelles raisons ?

– Les raisons… Je ne sais pas, Anna, je ne sais pas… Tout cela est devenu trop lourd à porter. Je n'étais plus capable…

– Qu'est-ce qui était trop lourd ?

– Ces années-là, mon enfance, la violence… À sa mort, tout est remonté. Par vagues. Quand elles se sont retirées, ne me demande pas pourquoi, je ne me voyais plus comme père, comme mari… C'était comme avoir été déchu de ma vie.

Tu vois, c'est ça qu'il m'a légué, ce salaud. Cette… déchéance. Alors j'ai voulu tout reprendre. Je vis seul, si tu veux vraiment savoir. À l'hôtel. Je change deux, trois fois par semaine.

– La daurade, vous ne l'aimez pas ? demande la serveuse.

Devant son air contrit, je me sens désarmé, alors je commence à manger. Anna éclate de rire, durement. Comment faire face à un homme que vous avez aimé, et que vous retrouvez à terre, le souvenir de lui-même ?

– Nous allons partir, Vincent. Les garçons et moi. J'ai trouvé un appartement à Rennes, une école pour tes fils.

– Et pour le taf ?

– Télétravail, et une journée à Paris par semaine.

– Besoin d'argent ?

– Même pas. Je ne suis pas sûre de vouloir encore quoi que ce soit de toi.

– Je comprends.

– Tes fils, Vincent, tes fils…

38.

Il fallait bien qu'il ait un nom, un visage, le jeune homme que j'ai abattu en pleine rue. Le tueur au couteau, comme ils disent sur les chaînes d'info. Je les sens déçus. Comme mes partenaires, mes collègues, la hiérarchie. Le gouvernement aussi, j'imagine. Il ne s'agit pas d'un radicalisé, il n'est pas issu de l'immigration, ne s'est même pas converti à l'islam. Pour ma part, je crois qu'il a rejeté le culte du pognon, de la réussite contemporaine chère à la start-up nation. Qu'il a perdu pied durant ces deux dernières années. Qu'il restait seulement la colère, la rage, la violence. Et des couteaux.

C'est une traque inéluctable. Entre kaléidoscope et puzzle dont toutes les pièces ne s'imbriquent pas. Mal taillées, mal usinées, impossible de les emboîter parfaitement dans le jeu, d'avoir un tableau précis. C'est un portrait diffracté. Celui d'un homme poursuivi pour attentat et/ou meurtre. Dont les raisons nous échappent. Le peu que nous savons de lui tient sur la fiche cartonnée que j'achève de compléter. Soit :

Jordan Certina, 27 ans, né le 10 juillet 1995 à Paris, quatorzième arrondissement, des époux Certina (Nicolas et Marion – née Landesq). Enfance (apparemment) sans histoires. Bon élève. Bac littéraire et artistique à 17 ans. Intègre sur concours l'École de Condé (il y est reçu parmi les premiers). Se destine à la restauration des œuvres d'art. Interrompt brutalement son cursus (sans raison apparente). Vit ensuite d'emplois divers (vendeur dans des boutiques de vêtements, assistant dans une maison d'édition de livres d'art, guide touristique à Paris, Lisbonne et Madrid). Puis s'investit dans l'association Art sans frontières pour laquelle il part restaurer fresques, sculptures, etc. Voyage ainsi à travers le monde.

J'imagine qu'il s'y frotte. Il semble qu'il soit marqué par ce qu'il voit. Qu'il prend conscience des drames qui se jouent loin de son pays. Peut-être est-ce là que se forgent ses premières convictions politiques. Il est frappé par les dégâts naturels, mais surtout, je crois, politiques et sociaux auxquels les populations sont confrontées. Il est touché par le désarroi, l'humiliation, la pauvreté, la soumission. Il n'est pas préparé à cela. À la douleur d'autrui. Il se sent proche de ces gens de rien. Voudrait témoigner sa compassion, son empathie. Mais c'est impossible au fond, il le devine sûrement. Et puis surtout, il se sent impuissant. Colère et frustration se font jour en lui. Viennent se greffer sur un terrain émotionnel fragile. De là à tuer… Est-ce un choix véritable ? Un long dérapage incontrôlé ?

Une embardée soudaine ? Le résultat d'une ou de plusieurs mauvaises rencontres ? Je n'y crois pas un seul instant.

Au retour de l'un de ses voyages (il semblerait qu'il s'agisse de l'Afghanistan), il rompt son engagement auprès d'Art sans frontières. Ne donne plus de nouvelles pendant près de deux ans. Il disparaît complètement des radars. Il semble n'avoir ni compte en banque, ni adresse postale, ni le moindre lien avec quiconque. Rien. Jordan Certina s'est évanoui.

On retrouve sa trace au hameau de Verseilles, sur le plateau de Langres. Il habite une petite maison dont il est propriétaire – donation de ses parents – et qu'il restaure lui-même. On ne lui connaît pas de métier ni d'occupations particulières. Il vit du RSA et du reliquat de la donation. Deux, trois ans encore et il frappera au cœur de Paris. Les journalistes « spécialistes des questions de sécurité » appellent donc cela un « loup solitaire ». Ils ont tort.

Je ne parviens pas à comprendre. Une sorte de voie royale s'ouvrait devant lui. Il aurait pu être mon petit frère. Nous nous serions épaulés lui et moi. J'aurais pu m'occuper de lui, enfant. Partager une partie de foot, le consoler alors qu'il se relève d'une chute de skate. Je ne sais pas, on aurait pu être proches. Ou les meilleurs copains du monde. Nous aurions apprivoisé l'époque ensemble. Je n'en sais rien. Un frère m'aura toujours manqué, je crois. Mais voilà un homme dont on aurait pu être l'alter ego, et qui bascule et se laisse entraîner (par qui, par quoi ?) vers la violence, peut-être la folie. À moins qu'il n'ait tout simplement suivi puis succombé à ses émotions. À sa propre peur.

J'ai de Jordan Certina une image abîmée. Son visage, les yeux brûlants, la douleur peut-être. Et le silence, par-dessus tout. Un simple portrait dans son cadre, le verre brisé qui lui balafre la gueule. Rien d'autre, ou presque. Ce garçon, déjà, est un fantôme.

Lorsque les soldats du GIGN ont enfoncé la porte de la maison qu'il occupait sur le plateau de Langres, celle-ci était abandonnée depuis longtemps. Chaque pièce cependant apparaissait parfaitement rangée. Son lit était fait, drap et couverture bordés, juste un revers côté droit, à l'amorce de l'oreiller. Sur son bureau – une simple table de bois brut –, des documents reposaient dans leurs pochettes numérotées, chacune portant titre et date. Dans la cuisine, sa vaisselle avait séché sur le rebord de l'évier, elle était recouverte de poussière. Une seule assiette, une fourchette, une cuillère à soupe, une autre à café. Un verre. Rien d'autre dans les placards, sinon une poêle, une grande casserole et son couvercle, une vieille écumoire. Et une cafetière aussi.

À l'étage, nous avons trouvé l'atelier. La pénombre et la compagnie des icônes, des visages muets sur le bois. Je regarde. Il y a là, réunies, dix-sept années de sa vie. Le souvenir des chapelles minuscules du Péloponnèse, ce monastère près d'Urfa, en Turquie, l'église de Pereira, Colombie, et ces fresques découvertes sous les badigeons dans une petite église de campagne, en Provence. Et encore ces peintures murales du XVIe siècle mises au jour sous un retable polychrome dans la cathédrale de Carthagène, les maisons fragiles de Luang Prabang, les temples de Thaïlande, les pagodes de Phnom Penh, et ce bouddha couché à Bangkok. Le silence de la synagogue Chevet Hakim à La Havane et le mantra du monastère de Wanla sur les hauts plateaux du Ladakh. Tant d'autres choses, d'autres lieux qui reposaient en lui. C'est ici, dans son atelier, que Certina retrouvait le jeune étudiant de l'École de Condé – promotion 2009. La timidité des premiers gestes, l'enthousiasme, l'émotion devant les œuvres renaissant sous le scalpel et le pinceau. Puis les doutes, les visions du monde, des cultures, qui s'opposent – et qu'il ne sait pas réunir. La fin des illusions. La colère et l'incompréhension. La violence. Pourquoi chercher à sauver, à retenir ce que l'on aime ?

J'ai retrouvé ceci dans l'un de ses cahiers, c'est daté de l'automne 2015 :

Abomey, le 13 octobre.
C'est un vieil instit aux yeux jaunes. Ses mots sont durs. Ils me laissent sans réponse. « Vous venez ici restaurer nos maisons, les palais des rois, et vous avez l'impression de sauver une culture. Mais ce sont surtout des représentations qui vous touchent. Parce qu'elles font écho à votre propre culture. Les maisons et les palais

sont si importants pour vous... Bien plus que pour nous. Mais qui viendra nous aider à préserver nos chants, nos danses et nos contes ? Tout ce qui se transmet oralement, notre mémoire, celle de nos pères ? Qui pour les enregistrer ? La sécheresse et la pluie détruisent les maisons et les palais. Comme ça, vous revenez chaque année pour reprendre vos travaux ! Vous êtres devenus des touristes du sauvetage... Mais c'est l'indifférence qui condamne les danses et les chants à l'oubli. Les jeunes quittent les villages, ils veulent vivre ailleurs, se jettent dans le désert puis à la mer. Ils sont fascinés par votre culture. Votre confort. Ils ne nous écoutent plus, nous, les anciens. Et nos racines s'assèchent. » À l'avenir, il faudra que j'emporte du matos pour enregistrer. Je n'oublierai pas.

Et, effectivement, il n'oubliera pas. La justice devra, nous devrons exploiter les centaines de fichiers audio qu'il conservait sur le *cloud*. Nul ne peut appréhender Certina, son parcours, sans admettre qu'il était crucial, et même vital pour lui de préserver ce qui menaçait de disparaître. Voilà sa quête initiale. Sauver toute chose de l'oubli. En somme, il voulait d'abord combattre l'absence. Ceux qui le décrivent nihiliste se trompent.

Je ne suis pas certain que mes collègues, les juges d'instruction, la parquet ni même les journalistes ne tenteront de comprendre ce qui l'animait au fond. Personne ne voudra aller au-delà du meurtre perpétré par Jordan Certina. Au-delà de l'horreur, du dégoût. Peut-être est-ce à moi de le faire aujourd'hui ? D'imprimer un sens, une perspective à sa trajectoire. Mais non, à quoi bon.

Les gendarmes ont rassemblé tous les livres qui traînaient là, sur le tapis berbère. De la cire avait séché sur l'une des couvertures – la bougie éteinte d'un chandelier mexicain. Un ouvrage sur Byzance, d'autres consacrés aux Offices, au monastère du mont Athos. Des monographies. Le Corrège, Lippi, le Caravage. *Les Secrets des chefs-d'œuvre* aussi, de Madeleine Hours, les théories de Cesare Brandi et la charte de Venise. Un album de photographies consacré aux Gitans. Une longue lettre inachevée, à l'attention d'une certaine Raphaëlle. Une collection de couteaux, tous rapportés de ses voyages. Deux ouvrages consacrés à la coutellerie d'art. Un autre dédié aux métiers de la forge.

Enfin, ils ont trouvé la photo. Au fond d'un tiroir, juste à côté d'un calendrier des pompiers, année 2020.

Je scrute ce visage. L'ardeur, l'engouement, la passion qui émanent de cette photographie, et je me demande : sa vie, sa mort ont-elles été à la hauteur de ce regard ?

Non.

39.

Ce n'est pas ma première autopsie, mais celle-ci, je sais que je ne l'oublierai pas. Le légiste est un homme jeune, à l'allure sobre, aux yeux vifs derrière ses lunettes. Il a la carrure d'un athlète et on comprend à le voir que c'est aussi le sport qui lui permet de tenir. Dr David Schimmel. Un seul regard a suffi pour qu'on se comprenne, lui et moi. Ni cynisme ni ironie, seuls les faits, des mots précis. Ni affect ni empathie.

Et puis il y a le corps. Dans un état épouvantable. Lorsqu'il tire le drap… C'est comme un *jab* à la face. Un crochet au foie. Lourds, simultanés. D'instinct, un mouvement de recul. Schimmel note ma surprise. L'effroi malgré l'expérience. Il commence l'examen. D'abord la levée du corps.

– Une jeune fille, origine nord-africaine, un mètre soixante-sept, trente-six kilos. Âge indéterminé en l'état des examens.

Il me fixe un instant :

– L'analyse osseuse le dira mais pour moi elle n'a pas 15 ans.

Il ne s'attarde pas, reprend d'une voix ferme – presque trop, comme s'il la forçait un peu, pour se donner du courage.

– Très fortement dénutrie. Peau grise. Lividité et rigidité cadavériques avancées. La mort remonte à une huitaine de jours. Peut-être plus, à cause du froid ces temps-ci. Aucune malformation constatée. Cicatrice ancienne sur le tibia droit, de trois centimètres et verticale. Traces de points de suture. Un tatouage à la cheville gauche représentant un petit dauphin. Une tache de naissance, un angiome lie de vin, sur la hanche gauche.

Schimmel s'interrompt un instant, vérifie que le micro situé au-dessus de la table de dissection fonctionne, me jette un rapide regard et poursuit :

– Tête et face intactes. Dentition abîmée. Manquent une incisive et deux molaires. Nombreuses caries. Nuque souple, souplesse cervicale, ni ecchymoses ni abrasions. Au niveau thoracique, seins et mamelons intacts, aucune trace de violence apparente. Au niveau abdominal, rien à signaler. Pas de traces de coups, pas de ballonnement. Cicatrice d'appendicite.

Il se relève encore. Une sueur légère perle à son front. Il plisse les yeux dans ma direction et je devine un sourire sous son masque. Une grimace. Tous les deux nous savons. Ce à quoi nous arrivons, ce que nous craignons. David Schimmel se saisit d'un mince instrument de métal et s'approche du pubis de Sandra. Il écarte légèrement ses jambes, ses cuisses, procède à l'examen. Je retiens mon souffle, et je ne sais même pas pourquoi. Ce serait si logique qu'elle ait été violée aussi. Et d'ailleurs, elle l'a probablement toujours été. Pourtant, je ne souhaite que ça à présent : que cela lui fut épargné pendant ses derniers moments. Je parcours du regard son corps si maigre que j'en discerne les côtes, le sternum, les clavicules de cristal sali. Je m'attarde un instant sur son visage. La mort y a plaqué un vilain masque. Jusqu'au bout, la jeune Sandra n'aura pas connu la paix. Je reviens au légiste :

– Alors ?

– Aucune trace de violence vaginale. Pas de rapport sexuel avant la mort.

– Et…

– Et de l'autre côté ?

– Oui.

– Je vais la retourner. Vous êtes prêt, Capitaine ?

J'acquiesce à regret.

Lentement, le Dr Schimmel renverse le corps de Sandra et là…

– Putain !

– Tout va bien ?

– Ces marques-là, sous les cuisses, aux mollets et aux épaules, qu'est-ce que c'est ?

– Morsures.

– Morsures ?

– Oui. Les rats, si vous préférez.

Je le sais, évidemment, ces traces, le trait net, les deux dents du rongeur comme des lames, des scalpels, et les cloques d'infection, je les connais. C'est la marque des SDF, l'empreinte que la ville, la rue, le système impriment sur les pauvres.

Les gens de rien. Je le sais mais je ne veux pas le voir sur Sandra. La protégée de Zeïna. Le visage creusé de nos faiblesses, de nos lâchetés, chacun d'entre nous. Les gens de bien…

– Clichés ? demande Schimmel.

– Clichés. Pour les archives, au moins…

– L'histoire…

– Oui, l'histoire.

– Tout ça, un jour, il faudra que cela soit dit.

– Comme Goya, docteur… *Yo lo vi.*

– Moi je l'ai vu.

– Vous connaissez ?

– Les désastres de la guerre, le Prado. J'y ai passé des heures, un été d'il y a longtemps. On poursuit ?

– Je vous en prie, docteur, allez-y.

– Aucune trace de pénétration anale, aucune lésion.

– C'est toujours ça. Causes de la mort, d'après vous ?

– L'épuisement, la faim. Streptobacillose, à cause des rats et de son état général. On l'a retrouvée où ?

– Sous un pont, d'après ce que je sais. Porte de la Chapelle.

– Je vois.

Schimmel s'éloigne un instant, retire ses gants, saisit un gobelet pour y verser un peu d'eau.

– Soif ? me demande-t-il.

– Oui, mais non merci. Si j'avale quoi que ce soit, je vais le gerber.

– Vous avez l'habitude pourtant.

– Gerber de rage…

– Je comprends.

Et puis voici le pire moment. Celui des crevées. La recherche sous l'épiderme, au cœur des muscles afin de mettre en évidence les ecchymoses sous-cutanées ou intramusculaires. Je pourrais détourner les yeux, personne ne m'en voudrait, personne ne le saurait. Mais non, je veux tout voir, je ne veux rien occulter, je veux que le souvenir terrible de Sandra demeure en moi jusqu'à la fin. C'est le prix à payer. Je lui dois bien ça. Alors je regarde le Dr David Schimmel extraire chaque organe du corps de l'adolescente. Le foie, les reins, les voies aériennes. Il les pèse, les place dans un bassin d'acier poli, chacun le sien. Puis il y a le bruit, le ronronnement électrique qui s'intensifie à l'os, la boîte crânienne découpée. Schimmel extrait lentement l'encéphale et la dure-mère. Et c'est chaque fois la même chose qui me saisit et me fait suffoquer, l'odeur atroce de la matière cérébrale. Schimmel observe à présent la base du crâne.

– Pas de fracture, lâche-t-il.

– Mort naturelle, donc.

– Si l'on peut dire, oui. Vous la connaissiez ?

– Non. L'amie d'une amie, disons. Une histoire de naufragées. J'aurais pu, peut-être que j'aurais pu faire quelque chose. J'en sais rien…

Il laisse passer un silence, ses gants sont maculés, son tablier de plastique.

– Je vais vous la rendre toute belle, Capitaine. Pas d'inquiétude.

– Merci, docteur. Vous me la gardez un jour ou deux ? Le temps que j'envoie les gars des pompes funèbres. C'est con, mais je veux quelque chose de bien pour elle. Personne ne réclamera le corps, personne n'a même jamais signalé sa disparition.

Je regarde Sandra pour la dernière fois. Je me dis que je ne l'aurai connue que morte. Étrange rencontre. Je me demande si elle a été heureuse, si elle a connu la joie, la beauté. L'insouciance ? La voix de Schimmel me parvient de loin :

– Vous savez, Capitaine, chez les juifs, nous chérissons cette phrase du Deutéronome : « … et tu choisiras la vie ». Quel que soit notre métier, il nous faut choisir la vie, Capitaine.

Je souris.

– Venant d'un légiste…

– Je sais. Mais, voyez-vous, il y a tellement de disparus, de morts sans cadavres qui jonchent le chemin des miens que je crois que j'ai voulu me colleter à cela : les corps. Et tout savoir de la mort. Comment elle nous extrait de la vie, de quelle façon elle extirpe de nous la vie…

– Pour mieux la célébrer quand vous retrouvez la lumière du jour…

– J'essaie, oui.

Nous regardons tous les deux le corps de la gamine. D'elle, il ne reste plus grand-chose au fond. Sur la table en inox où glisse la lumière précise des néons, elle est absolument nue. Ouverte et vide. Sans aucun mystère. Il n'y a pas de place pour l'âme dans un corps contemporain.

40.

Je n'ai pas convoqué, je ne suis pas allé à la rencontre des parents de Jordan Certina. Nous verrons cela plus tard. Je sais déjà de quelle façon ils réagiront. Comme il nous est impossible de changer notre point de vue sur les autres, sur ceux que nous avons aimés. Qu'ils deviennent des salauds ne change rien à l'affaire. Ils resteront ceux que nous avons chéris, et ils nous manqueront ainsi. Nous en garderons toujours la nostalgie. C'est l'espoir du retour qui nous anime et qui nous leurre.

Ainsi, plutôt que ses parents, j'ai préféré appeler l'un des professeurs de Certina, son maître d'études. Il m'a donné rendez-vous rue de Condé, dans son bureau, à l'école où il officie toujours.

Il y a chez Julien Halard quelque chose de gênant, que je méprise chez chaque homme qui succombe de la sorte. Il accuse son âge. Et se démène afin que cela ne se voie pas. Une large mèche rabattue sur le haut de son crâne afin de masquer la calvitie naissante. Une chemise de flanelle serrée trop près du corps, soulignant pour le coup un léger embonpoint. Un pantalon taille basse de toile épaisse d'un vert bien pâle pour la saison. Une veste de mauvais tweed trop cintrée, de celles qu'on voit ces jours-ci, qui tombent à peine sous la ceinture et donnent au type lambda l'allure empêchée d'un avorton. Trop de bracelets au poignet gauche. Faux mala tibétain, un autre composé de rudraksha en toc, trois ou quatre encore en tresses d'argent oxydé. Sans oublier le lacis de foulards, chèches noués entre eux. Camaïeu de bleu. Et des baskets. Halard se donne des allures d'artiste. On devient souvent prof quand on n'a pas le talent nécessaire pour exercer le métier dont on rêvait. Pour donner le change. Dès la première seconde, Halard m'est antipathique : il commence par parler de lui.

– Lorsque j'ai commencé à enseigner, je m'imaginais comme une sorte de passeur. C'étaient moins mes connaissances que je voulais transmettre que ma passion, mes expériences. Mais j'ai dû déchanter très vite… Les étudiants, même ici, sont rétifs à la passion… Ils veulent un boulot à la sortie, c'est tout. Le reste… Au terme de leur cursus, ce sont des crétins diplômés. Pour eux, le mot « diplômé » est le plus important des deux. Ils possèdent une culture au programme. Ils ont lu les mêmes livres, les mêmes polycopiés, suivi les mêmes cours, et cela leur suffit. Ce n'est pas qu'ils se sentent prêts pour la vie… Ils en ont trop peur. Leurs diplômes valent pour assurance.

Ce sont des consommateurs, ils ne feront jamais leurs humanités…

– Les voilà rhabillés pour quelques hivers… Mais je ne suis pas ici pour juger de la qualité de vos étudiants, ou de votre enseignement… Je suis ici pour que vous me parliez de Jordan Certina.

– Jordan, il était différent. Tous les professeurs rêvent d'avoir un jour un élève tel que lui. Dès le début, il n'a rien fait comme les autres. Quand on lui demandait pour quelles raisons il s'était inscrit ici, pour quelles raisons il avait choisi la restauration d'œuvres d'art, il répondait : « Parce que je veux garder du temps pour voir et admirer… » J'ai longtemps cru qu'il faisait de la provocation, mais maintenant… Mes collègues, la plupart de ses camarades pensaient qu'il voulait sans cesse attirer l'attention sur lui, mais ils se trompaient. Il ne s'agissait pas de cela…

– Et de quoi s'agissait-il alors ?

– Je crois que Jordan voulait aller au-delà de toutes les conventions, briser les règles, abolir les frontières…

– Vous avez des exemples ?

– Je ne sais pas… Ce n'est peut-être pas le meilleur… Mais cela m'avait frappé, à l'époque. Il n'aimait pas attendre, pour sortir, que ses camarades aient quitté l'amphi. Alors, plutôt que de remonter l'escalier en les bousculant, il allait de table en table. Il n'y mettait aucune ostentation, ni même aucune sorte de défi. Je crois qu'il étouffait… Voilà, c'est cela, l'impression qu'il donnait. Celle d'étouffer. Comme si la vie était trop étroite pour lui… Ce qui l'intéressait, c'était de débattre, de déconstruire un raisonnement. Non pas pour humilier son interlocuteur ou afin de gagner la partie, mais pour entraîner l'autre dans sa réflexion et se forger à la sienne. Il voulait convaincre…

– Vaincre ensemble…

– Oui.

Une grande tristesse semble envahir Halard et il me paraît soudain moins antipathique. Je vois bien comme il cherche en lui une solution, ce qu'il aurait pu faire, ce qui aurait pu aider ce garçon à ne pas aller trop loin, à ne pas franchir toutes les frontières. Ce qu'il aurait pu faire pour le contenir sans le contraindre. Comme s'il ignorait qu'on ne peut sauver ceux que l'on aime.

– Je n'ai pas su aider Jordan… J'ai voulu croire que son talent le sauverait, le garderait près de nous, de ceux qui l'aimaient. Vous savez, il possédait quelque chose de rare. La faculté de s'émouvoir, de tisser des liens, d'aimer peut-être… Je ne sais pas.

Je détourne les yeux. Je crois qu'il pleure. Je lui laisse le temps de se reprendre. Ce garçon, il l'aimait. Peut-être s'est-il projeté en lui, rêvant de le voir accomplir ce dont il avait été lui-même incapable. Pendant cette poignée de secondes, il mesure tout ce qui lui aura manqué. Il revient à moi, esquisse un pâle sourire :

– Je ne pensais pas qu'il coulerait ainsi. Sans rien ni personne à qui se raccrocher. J'imagine que c'est par orgueil autant que par incapacité à demander de l'aide. Dire que je n'ai pas su l'aider ! Et aujourd'hui encore, je ne peux lui être d'aucun secours. J'ignore pour quelle raison, mais, depuis toujours, je crois qu'il attend quelque chose de moi. Mais quoi ?

– Peut-être vous a-t-il plus aimé qu'il n'aimait ses amis, sa famille ?

– Oui, probablement. Et moi, je n'ai pas voulu voir cette sorte d'amour là.

Il relève la tête d'un coup et plonge ses yeux bleus dans les miens, avec acuité, sans complaisance :

– Parce que ce n'était pas cette sorte d'amour que j'attendais avec lui. De lui…

– Il ne faut pas vous en vouloir, monsieur Halard. Le destin d'un homme, vous savez…

– Mais Jordan !… Il avait l'intelligence du geste… L'intelligence de la main, et cela, c'est inné. Comme il avait aussi l'intelligence de l'esprit, le goût d'apprendre et de savoir, il a pu placer en harmonie la main et l'esprit…

– S'il était aussi doué que vous le dites, pourquoi n'a-t-il pas achevé son parcours ici ?

– Parce qu'il était trop doué, sûrement ! Il avait été repéré par des associations, des particuliers fortunés aussi. Au début, il pensait qu'il financerait ainsi ses voyages. Et puis, ce qu'il a vu du monde… Les œuvres à restaurer ne suffisaient pas à le masquer.

– Et qu'a-t-il vu, monsieur Halard ?

– Ce dont les hommes sont capables. La violence, la destruction, la guerre et ses horreurs. J'imagine… C'est pour ça… c'est pour ça que…

– Que… ?

– Que je ne comprends pas qu'il ait pu verser dans cette violence, qu'il ait pu commettre cette atrocité ! Je ne comprends pas et…

– Et vous lui en voulez, aussi ?

– Exactement ! Je lui en veux autant que je m'en veux ! Tout ce gâchis… Je ne peux me défaire de l'idée que j'en suis responsable aussi. J'aurais dû, j'aurais pu le ramener à la raison, le convaincre de ne pas abandonner, de rester parmi nous… Mais il a toujours su, et avec tout le monde, placer une frontière, une sorte de vitre entre la vie et lui.

– Lui qui voulait toutes les abolir ?

– Mais qui butait conte la sienne, l'intime.

– Celle que nous ne pouvons abolir, jamais.

– Vous avez raison, bien sûr… Mais au moins aurais-je pu lui apprendre encore deux ou trois choses…

– Comme… ?

– Comme la distance nécessaire. Le pas de côté. Et surtout de ne pas renier ce grand calme intérieur qu'il abritait aussi, malgré les apparences, ses foucades… Celui qui permet de rester longtemps face à l'œuvre en danger, de faire corps avec elle. D'établir un dialogue intime avec elle autant qu'avec son créateur. Vous savez, nos métiers, c'est comme un concerto. C'est comme se fondre en harmonie dans une autre mélodie que la sienne… C’est cela, restaurer des œuvres d’art…

Un long silence s’installe dans le bureau de Halard. Le soir gagne les derniers recoins de lumière. S’accroche aux vitres, aux rebords des rayons de la bibliothèque de bois clair sur lesquels les livres disparaissent peu à peu dans l’ombre. S’attarde pour quelques instants sur un cadre en verre. Sur le sourire et les 20 ans de Jordan Certina. La voix de Halard n’est plus qu’un murmure, mais je l’entends :

– Pour bien faire ce métier, il faut savoir s’effacer. Revenir aux sources, et s’effacer.

41.

J'ai trouvé un emplacement pour elle. Un refuge à Bagneux, au cimetière, un trou. Maintenant, Sandra sera d'ici. La lumière est d'une beauté indécente. Elle transperce le lacis des branches effeuillées. Dessine au sol des motifs étranges, des figures mouvantes. Le soleil lance sur les allées, les tombes et les fleurs fanées un vaste dais de lueurs translucides. Il nous aveugle, et c'est mieux ainsi. Ce n'est rien d'autre que ça, les obsèques de la gamine. Pas de nom, pas de couronnes, ni gerbes ni amis. Pas de prières, d'élégies, juste Zeïna et moi. Et son prénom gravé sur la pierre de schiste que Zeïna a choisie pour elle. J'ai demandé qu'on y inscrive aussi son âge. Décidé qu'elle avait 15 ans. Elle les aura pour toujours désormais. Zeïna et moi, nous avons eu la même idée. Des fleurs fraîches, comme cueillies à l'instant au milieu d'un champ, d'une prairie. Beaucoup de couleurs, toutes mélangées, un peu n'importe comment. Deux bouquets foutraques. Vivants ?

Zeïna a le visage nu, creusé à l'os, les yeux secs pour l'instant. Elle porte une robe toute simple, laine bleu marine, trop grande pour elle tant elle a maigri, sous un manteau vaguement élimé, cintré à la taille, des chaussures plates. Elle me tient par le bras. Et nous restons là, immobiles, interdits et muets. Il y a beaucoup de douleur dans l'air, nous la sentons tous les deux, elle pourrait nous faire vaciller, nous emporter, alors nous luttons, arrimés l'un à l'autre, le regard perdu – chacun son horizon.

– Merci pour tout ça, dit-elle.

– Je sais pas quoi te répondre, Zeïna.

Peu à peu, nous nous détachons de la tombe, nous nous détachons d'elle, nous nous éloignons de Sandra. Nous savons bien que nous ne reviendrons jamais la saluer, jamais discuter avec elle, jamais lui laisser une place, même infime, dans notre vie, jamais nous ne lui dirons tu sais Sandra j'ai pensé à toi le week-end dernier, il faisait beau je suis allé nager alors j'ai pensé à toi petite. Non, Sandra, elle va rester ici, et nous ne l'emporterons pas davantage dans notre esprit, notre cœur, notre mémoire. Elle va rester ici et s'enfoncer encore vers sa nuit.

Nous faisons quelques pas, Zeïna et moi, jusqu'à la station de métro. Nous marchons lentement alors que le temps se couvre déjà, que les nuages s'accrochent à nouveau aux arbres, aux paraboles.

– Je voulais te dire, Vincent, j'arrête de faire la pute... C'est toi qui avais raison. Il faut que je me barre, je vais y laisser ma peau sinon. J'arrête la dope et je me tire.

– Tu sais où tu vas aller, Zeïna ?

– En Irlande, Glencolumbkille, c'est dans le Donegal. Tout au nord… J'ai vu les photos, c'est sublime…

– Tu vas te cailler là-haut, ma belle.

– J'ai besoin de vent. De me prendre l'océan et les rafales dans la gueule. Que ça me traverse. Tu viendras me voir ?

– Et pourquoi non ?

Nous n'y croyons pas, ni elle ni moi. Et même si ce n'est pas vrai, on se dit que c'est quand même peut-être. Une fois au moins, sauver quelqu'un ?

42.

Une nouvelle nuit, du café, des mauvais sandwiches, des cigarettes qu'on n'a pas le droit de fumer dans les bureaux mais que nous fumons quand même. Nos haleines dégueulasses, nos vêtements froissés, nos gueules mâchées de fatigue. Un moment de pause pour se passer le crâne sous l'eau glacée. Et puis un café, une cigarette. De la lecture aussi. Je me suis plongé dans les feuillets trouvés dans la maison de Jordan Certina. Il y a dans ces lignes une colère, un désarroi qui me donnent le vertige. Un écho en pleine montagne qui court contre les parois jusqu'au torrent.

Je pense à lui, à ce jeune homme que j'ai tué sans rien savoir de lui. Pour protéger l'ordre, la paix, la République… Je pense à tout ce qu'il avait rassemblé de sa vie au cœur des carnets que nous avons saisis dans sa maison accrochée sur le plateau de Langres, parmi le froid et les rafales de vent. Ces lignes sont tout ce qui le reliait au monde après qu'il a brûlé ses vaisseaux. L'aube n'est plus si loin, et ses mots me lacèrent :

10 février 2018.
Lorsque les oiseaux disparaissent dans le noir, le silence pénètre toute la maison. Je suis envahi par une crainte de gosse. Je la reconnais comme une amie fidèle. Je ne me souviens pas de crépuscule sans cette appréhension. Ce n'est pas seulement ma solitude. Moins encore la peur atavique du soir. Mais l'absence à l'œuvre, la certitude de la dissolution. Essaimés au fond des chemins, des éclats tremblés vibrent aux fenêtres : les lueurs des télévisions. Nous ne sommes pas toujours celui ou celle que nous espérions devenir.
Je me souviens qu'à mon arrivée ici, au début de l'hiver, mes échappées ne me menaient jamais très loin. Je tentais de brèves courses à travers les nuées jaillies de terre et les brumes dévalant la combe. Une odeur âcre me sautait à la gueule. L'air était presque cassant. Il blessait en pénétrant la gorge et les poumons. Ce parfum de brûlure, de terre détrempée, d'animal mort.
En s'élevant au-dessus du hameau, le brouillard se mêlait aux nuages. Il dessinait avant de les rejoindre une nouvelle strate de vapeur. Poussée par les rafales, elle se liait à celle déjà retenue à flanc de coteaux par les arbres nus. La campagne entière paraissait épongée par le ciel. On percevait sur le bitume des vaguelettes luisantes qui déferlaient sans cesse avant de reposer longtemps, entre deux pentes, dans d'immenses flaques. Le vent y soulevait en passant de longues gerbes qui retombaient dans un crépitement lourd. Des lignes d'eau se partageaient ou

s'alliaient à la faveur d'un carrefour, d'une pente qui s'enfonçait sous les premiers bouquets de saules. Comme les hommes parfois se séparent. La route s'élevait vers Verseilles, la rivière scintillait en contrebas.
Je m'arrêtais parfois. Posais la main sur un muret de pierre. Sentais sous mes doigts la mousse détrempée. Une ombre plus lourde se dressait devant moi. La forêt. Elle prenait ses racines dans la rivière. La Marne creusait un défilé où le jour se couchait. Des formes étranges montaient à sa surface et se dissipaient très vite. La nuit s'accrochait aux arbres que les averses avaient enfoncés dans l'eau. Face au ciel blanchi de pluie, les câbles électriques dansaient, écrasés par la forêt. La Marne avait des allures de torrent, une rumeur d'orage. Elle charriait des tonnes de boue arrachées à la bête, des feuilles tombées, et quelques branches.
Le paysage était à l'abandon. Jour après jour, la vie se retirait de la nature. Taché de boue, le ciel prenait des effets bruns. Je quittais la départementale. Le murmure des foulées dans l'herbe humide. Je n'étais plus qu'une ombre. Les fougères tremblaient dans les combes. Mais quelque chose venait encore tressaillir en moi.
D'autres soirs, je commençais à boire avant la nuit. L'obscurité se levait au fond des ornières. J'apprivoisais mes craintes comme en plein midi des gamins se ruent vers la lisière incertaine des bois – cette ombre jetée, mordant la plaine. Je les observais chaque jour. Ils prenaient leur

inquiétude de vitesse, couchaient les ronces, les fougères, et s'enfonçaient en hurlant dans la forêt. J'aurais aimé m'engager aussi dans un chemin, presque par hasard. Éviter les clairières. M'effacer sans un bruit.
Ainsi le temps ne signifie plus rien. Mais il reste encore, au fond de toute chose, les regrets, le remords. Et pire encore : la honte.

Janvier 2020.
Je ne sais pas aimer. Les femmes entrent et sortent de ma vie sans que je m'y intéresse vraiment. À leurs côtés, je me relève au milieu de la nuit avec l'envie de les foutre dehors. Je ne veux qu'une chose. Être seul. Parce que je le suis toujours, que je l'ai toujours été, que je le serai toujours. Leur corps, leur relâchement, leur abandon dans le sommeil, leur souffle régulier m'atteignent en plein cœur. Aiguisent ma propre solitude. Jusqu'à la douleur et au chagrin.
Je n'ai rien d'autre à offrir que mes remords, l'insomnie, la lucidité. Ma vie en somme. Je suis encore vivant, c'est tout. Ne me seront accordés ni pardon ni rémission. Me revient en mémoire une phrase ancienne qui m'avait frappé jadis, au catéchisme : « Qu'as-tu fait de ton talent ? »
Je suis un traître. Un salaud. Un meurtrier ordinaire. Il me faut faire face à ce que j'ai fait. Mon insuffisance, ma faiblesse, mes lâchetés. Oublier l'exil. Mais l'exil ne m'oubliera pas. Il est trop tard en moi pour une part de moi. Qui a dit cela ? Pessoa ?

Il faudrait prier. Donnez-moi le courage de rester seul, de ne plus rien aimer jamais. Mais prier qui ?
À l'écart de l'amour, de l'amitié, de la fraternité, je voudrais m'inventer un chemin, loin du monde, du chaos, qui me mènerait en paix vers la mort. Sans plus de désir, d'espérance. Tout cela est n'importe quoi. Il reste à me tuer, c'est tout. À laisser une trace, mon empreinte dans le sang.

43.

Karim m'accueille pour la dernière fois. C'est ce qu'il m'a dit au téléphone. Il a préparé un *qahwa* lourd, amer, une sorte de sirop épais et d'un brun velouté. La chambre est plongée dans la pénombre. J'y discerne deux sacs de voyage en grosse toile, un sac à dos et trois cartons fermés par des bandes adhésives. La nuit palpite au vasistas.

– Tu t'en vas, Karim ?

– Oui, j'ai décidé. J'ai compris qu'on ne voulait pas de moi ici. J'ai obtenu un visa pour continuer d'étudier au Canada. À Toronto.

Je ne réponds pas, je ne ressens rien, je crois. Je ne veux plus rien ressentir. C'est encore un combat. J'y parviendrai. Il le faudra. Sous la lampe de bureau, Karim a disposé des petits paquets enveloppés de papier journal.

– C'est pour toi. Et il y a ça aussi…

Il me tend une clef USB.

– J'ai repris les enregistrements de ton père, et je les ai traduits. Comme ça, tu auras tout… Tout ce qu'il voulait te dire.

– C'est gentil, vraiment. Je te remercie.

À mon tour de lui donner quelque chose. Entre un présent et l'avenir, un cadeau empoisonné. Déjà périmé. Une enveloppe aux armes de la République.

– Tes papiers… Te voilà français… Mais trop tard…

Je vois ses mains qui tremblent, son regard soudain voilé alors qu'il feuillette les documents. Il s'apprête à parler. Je l'en empêche, ne veux pas qu'il mette de l'irrémédiable dans sa vie. Du destin là où il n'y en a pas.

– Tu as encore le choix, prends ton temps. D'accord ?

Un signe de tête, et nous nous asseyons. En tailleur à même le sol. Karim verse le *qahwa*. Nous buvons en silence. Puis il dit :

– Je voudrais te passer un dernier enregistrement…

J'acquiesce, et soudain la voix de mon père éclate, rageuse, étranglée par la colère autant que la maladie :

Tu sais, fils, un jour… un jour ils m'ont traité de harki. Les camarades du syndicat, ils m'ont insulté. Ils m'ont traité de harki. De traître… Parce que je voulais continuer de travailler, que je refusais leur saloperie de grève, mais moi… moi j'avais besoin du salaire pour toi et ta mère parce que je voulais me faire une place ici. Alors ils m'ont traité de harki et j'ai compris que je serais jamais d'ici. Ç'a été comme une gifle. Une humiliation. Ici, les harkis sont des victimes ou des salauds, c'est selon qui parle. Victimes du FLN parce qu'ils l'ont trahi, victimes de la France qu'ils ont servie et qui les a abandonnés. Mais moi, moi, moi je me souviens de notre infirmière, Leïla, notre infirmière qui accompagnait la katiba dans le djebel et les mechtas. Je me souviens comment on l'a retrouvée après le passage de la harka qui l'a enlevée. C'était un Français qui commandait, un lieutenant que nous avons tué plus tard dans une embuscade. Il aurait suffi d'un ordre de ce salaud et sa harka se serait tenue. Y en avait des comme ça, des capitaines, des lieutenants, qui disaient à leurs hommes les femmes vous n'y touchez pas. Et les hommes obéissaient. Et puis y avait les autres, qui laissaient faire, qui laissaient leurs soldats violer nos femmes… Ce jour-là, le lieutenant français il a laissé faire ses harkis. Ils s'y sont mis à tour de rôle. Tout le jour toute la nuit. Leïla quand on l'a retrouvée, elle courait pieds nus dans le djebel, ses pieds en sang je les revois encore, et tous ses habits déchirés, et les griffures, les morsures partout sur elle, les bleus, la trace des coups et elle criait elle criait elle était devenue folle et on savait même pas si on devait la ramener à sa famille. À cause de la honte.

J'entends qu'il pleure et j'essaie de me clore. Sa voix me brûle autant qu'elle lui arrache la gorge entre deux quintes. Et la douceur du ton de Karim n'y change rien :

Je les hais tous, et toi aussi, fils, je te hais, comme ta mère, mes camarades et ce salaud qui m'a volé ma vie. Si je l'avais tué dans l'Aurès, si j'avais laissé faire, je n'aurais pas quitté l'Algérie, je n'aurais pas abandonné mon pays. J'aurais même pu être une sorte de héros, chez moi. J'aurais eu ma rente, comme tous les autres... Je lui ai dit à ce salaud, je lui ai dit comme je regrettais de l'avoir laissé en vie. Je lui ai dit que je l'aurais voulu mort, crevé dans la poussière, égorgé, ses couilles dans la bouche. Je lui ai dit comme je m'en voulais de l'avoir laissé me prendre ma vie, comme ça. Il a cru avec son fric qu'il pourrait m'acheter ! Mais non, mais non, mais non... Personne ne peut m'acheter, moi. Parce que rien de moi n'est à vendre. Parce que je n'ai rien, que je n'ai jamais rien eu ici, que tout ce que j'ai, tout ce que je suis, je l'ai laissé là-bas. Au pays... Je les hais tous, fils, et toi aussi je te hais. Toi qui m'as trahi, qui m'as retenu ici. Parce que je t'aimais, Marwane. Parce que je t'aimais.

L'enregistrement s'achève dans un souffle violent. Nous restons un long moment silencieux, Karim et moi. Puis il dit :

– Ceux-là, j'ai préféré que tu sois avec moi pour te les lire. Je ne voulais pas que tu les découvres seul. J'espère que tu ne m'en veux pas.

– Je t'en veux pas, Karim. Et même à lui, je n'en veux même pas. Je crois que je m'en fous, au fond.

Toute cette haine, la colère, l'amertume. Pour rien. Cette tristesse infinie : un homme à la fin qui n'aime plus personne. Je termine mon *qahwa*, me lève d'un bond, rassemble mes petits paquets et les glisse dans ma besace.

– Je les ouvrirai chez moi si tu veux bien, dis-je.

– Je préfère aussi. Ce n'est pas grand-chose, tu verras, mais ça vient du cœur.

– Salut, Karim.

Un nouveau silence, puis enfin, sans que je puisse le retenir :

– Frère…

44.

J'ai pris une voiture banalisée pour patrouiller. Je veux être seul, lancé à travers la ville, seul parmi les miens, dans la nuit. Tenter de saisir ce qui m'échappe, ce qui s'efface pour longtemps, je le pressens. Près du lion de Denfert-Rochereau, je croise des jeunes gens qui reviennent de manifester pour le climat. Je m'arrête pour les laisser passer. De l'autre côté du pare-brise, je les vois défiler comme sur un écran. Ou plutôt non, je me sens protégé par la glace tant leur démarche, leur assurance, leurs yeux brillants, leurs gestes précis me blessent soudain. Ils ont 20 ans, rêvent d'un avenir meilleur sans y croire vraiment, mais ils marchent en bande pour se faire entendre, et leur inquiétude quant à l'avenir pèse peu de poids face à leurs rires, à cette façon d'enjamber un caniveau pour se lancer dans la nuit qui effleure les vitrines. Sombre marée irisée d'éclats. L'une des jeunes filles retient mon attention. Rien ne semble pouvoir l'arrêter. Les garçons la suivent du regard, aimantés par sa démarche, la clarté de son visage, ses yeux dorés, son assurance. Elle avance comme si le monde lui appartenait, lui appartiendrait toujours, jusqu'à se tordre devant elle. De longues boucles brunes s'échappent d'un court bonnet de laine. Un instant, nos regards se croisent. Sans le vouloir, je lève la main, lui adresse un petit signe, même un sourire, je crois. L'inconnue me rend la pareille, s'attarde une poignée de secondes au milieu de la rue, laissant la petite bande la dépasser. Nous nous dévisageons, comme les êtres parfois se reconnaissent. Animés par la même vibration, les mêmes espoirs à des années d'écart. Une fraternité d'âme, deux trajectoires.

Puis la jeune fille se retourne vers la troupe d'amis qui crie son nom sur le trottoir. Elle marche un moment au milieu de la chaussée, et ils finissent par la rejoindre. Les bras entrelacés, ils avancent serrés les uns contre les autres. L'inconnue se retourne encore, sourit à nouveau dans ma direction. Ce soir, je revois la grâce et je comprends comme j'ai vieilli. Le monde s'est durci, mais nous croyons rester les mêmes. C'est pour ça que chaque jour ressemble à un coup de poing. Alors on projette des ombres dures avec les mains, l'esprit ou le cœur, et on fait comme si elles étaient vraies. Ce sont les mensonges qui nous sauvent. Un car de police me presse d'avancer, je mets un coup de gyrophare et c'est lui qui se détourne pour me dépasser. Je continue d'observer les mômes, je les trouve fragiles et forts, beaux et cependant déjà morts. On dirait que rien ne pourra leur résister, que rien ne pourra les empêcher d'agir. Et de tomber. C'est une affaire de confiance, ou bien d'élan. D'engouement. De chance aussi, parfois. Gens de bien, gens de rien, encore, toujours. Je pense aux carnets retrouvés chez Jordan Certina, aux copies que j'ai emportées avec moi ce soir. Voilà ce qu'il écrit :

Juin 2021.
Nous avançons soumis. Depuis des jours, des semaines, des mois, nous avançons amputés. Nous sommes devenus des hommes en moins, auxquels on aura retiré jusqu'au courage de se redresser pour dire non. Nous avançons l'échine ployée, la tête basse, le cœur serré. Même ici, où le paysage est vaste, où le vent court à travers les bois, souffle sur le plateau sans aucun obstacle pour le contraindre, même ici nous avançons masqués. Nous avançons sournois, méfiants. Au village, nous nous regardons, nous nous scrutons sans vraiment nous reconnaître. Les regards ne suffisent plus à nous distinguer. Ils portent tous la même empreinte. Lassitude, amertume, abattement. C'est cela que la logomachie officielle nomme désormais « vivre-ensemble ». Cela qu'elle appelle être solidaire. Ce à quoi elle nous assigne jour après jour. Sauver des vies. Nous voici misérables, sommés de sombrer chaque soir dans le spectacle. Inciter à applaudir aux fenêtres, aux balcons. Nous avançons sous contrôle. Nous avançons sous le règne de l'arbitraire, et c'est une guerre à bas bruit. Car ce sont nos voisins, ceux avec lesquels nous avons

grandi, joué sur les berges de la rivière, avec lesquels nous avons partagé les premières cuites, les premières filles, qui nous abaissent et nous soumettent maintenant. Ceux-là encore, qui appellent la gendarmerie pour signaler la fête improvisée des jeunes du coin. Quels comptes se règlent dans ces inédits rapports de force ? Quelles rancœurs, quelles rancunes, macérant depuis longtemps, s'expriment désormais ? Quelles rivalités, quelles volontés de vengeance mises au jour ? À exécution. Nous avançons écartelés. La loyauté à l'enfance d'un côté, l'instinct de rébellion de l'autre. Est-ce obéir qui les sauve ?

Comme il y a de morts dans la vie d'un homme – et d'abord l'enfant que nous étions.

Aujourd'hui, tout au fond de moi, j'ai entendu le bruit de la chaîne, le bruit de l'anneau, le bruit de l'acier. Le fauve à peine retenu au fond de sa cage, qui se lève. L'appel de la révolte.

Nous sommes d'un pays de flics, de gendarmes, de compagnies républicaines de sécurité. De milices déployées. Un pays de préfets, et non plus de députés. Nous sommes d'une société à bout de souffle. Elle ne mérite pas les chiottes pour la noyer.

Était-il plus désespéré que ces jeunes gens ? Ou plus lucide… Cette nuit, je veux croire que ce sont eux qui ont raison, qui l'emporteront à la fin. Qu'ils sont bien vivants, et qu'ils le resteront. Qu'il ne leur arrivera rien en chemin. Ou alors que je pourrai les empêcher de tomber, de perdre trop sévèrement la partie. Une fois au moins...

Moi qui n'ai cessé de fuir depuis des années, je suis essoufflé à présent. J'ai l'intuition que ma course s'achèvera bientôt, et cette idée ne m'inquiète pas. Je l'accepte avec presque de la sérénité. J'ai toujours vécu au présent, dans une sorte d'instant perpétuel. Mais un instant chargé de violence, et non de paix. Maintenant, alors que les notions d'avenir et de passé se dérobent, je sais comme nous sommes perdus, gagnés par l'abîme et l'abandon. Je retrouve ces lignes de Certina. Il les a écrites avant de quitter son village, avant de gagner Paris armé d'un couteau, avant que je le tue :

Nous savons ce que nous avons perdu en chemin, ce qui nous brûle et nous anime, ce que nous cherchons, ce que nous ne trouvons pas encore. La colère qui nous condamne, et nos efforts démesurés, nos efforts désordonnés pour regagner la surface et respirer enfin. Nous avons quitté nos propres traces depuis longtemps. On voudrait revenir, mais les derniers pas sont les plus difficiles. Et comment cesser de se punir ? Nous sommes incapables de mesurer de quelle étoffe nous sommes tissés. De quels songes, de quelle espérance nous sommes exilés. Peut-être suis-je devenu moi aussi ce qu'ils appellent un loup solitaire. Peut-être avec raison. Car je suis de ces animaux malades, affaiblis, dont la meute se sépare afin qu'il ne la retarde pas, afin qu'elle puisse assurer sa propre survie. Condamné à l'errance, aux attaques sporadiques, aux incursions isolées. Qui se jette au hasard, une nuit, au cœur du troupeau. Blesse et tue, emporté par la solitude, la rage, le chagrin. Écharpe ses proies, mais ne les dévore pas. Car même pour cela il n'a plus d'appétit. Plus assez de vie en lui.

Certina… il restera comme l'un de ces soudains virus, jamais endigués vraiment, qui révèlent nos faiblesses, nos errements, nos propres crimes. De ceux qui laissent derrière eux leurs morts, leurs propres cimetières.

45.

Le Wepler, les dernières lumières, les reliefs d'un dîner tardif, la salle vidée peu à peu. Et Martin, et moi toujours en demande, qui cherche et ne trouve pas.

– Tu ne m'avais pas dit qu'ils étaient fâchés… Qu'ils ne se parlaient plus, qu'ils…

Martin ne me laisse pas achever ma phrase. Il enchaîne immédiatement :

– À quoi bon ? Et puis, mon père ne lui en a jamais voulu… Je crois même qu'il comprenait… Il se doutait bien, non, il savait comme cela devait être difficile pour Khalil de vivre et surtout de mourir loin de son pays. C'est pour cela aussi qu'il l'avait aidé pour sa bicoque. Pour qu'il ait une maison, une terre à lui. Tu y es allé ?

– Non.

– Tu devrais.

– Je ne sais pas. J'ai envie de tout arracher. Qu'il ne reste rien du passé, de mon père et du tien, de leur histoire comme de la mienne.

Je le regarde, j'ignore si nous nous reverrons. Je me sens comme entraîné au loin. Plus rien ne m'attire, ne m'atteint. Je suis comme gagné par une lassitude immense et ma vieille colère m'abandonne peu à peu. J'ai changé de numéro de téléphone et ni mes fils ni ma femme ne peuvent me joindre désormais. Je pense à mes enfants. Ils sont loin à présent. Cette fracture-là ne sera jamais réduite. J'apprends peu à peu les nuances du manque. Ce n'est pas vrai. Ils ne me manquent pas. J'avance amputé, c'est tout. Je n'ai rien trouvé d'autre pour survivre, encore un peu. C'est ainsi que j'ai toujours procédé.

Martin a commandé une seconde bouteille de bordeaux, et nous buvons en silence. Soudain, il se penche sous la banquette et en rapporte une sorte de paquet. Tout en longueur, recouvert de papier brun, entouré d'une grosse ficelle de chanvre.

– Tiens, c'est pour toi.

– En quel honneur, Martin ? Signal d'adieu, gage d'amitié, solde de tout compte ?

– Ne deviens pas comme ça, veux-tu. Pas avec moi…

– Comme quoi ?

– Aigri.

– Je ne suis pas aigri, je…

– Non, tu es déçu. Ou plutôt, tu ne sais pas quoi faire de ton deuil, tu refuses d'avoir été aimé malgré tout. Et peut-être aussi de l'aimer malgré toi.

– Pas faux.

– Ou faux pas… Alors prends ça, s'il te plaît.

– Qu'est-ce que c'est ?

– Un makila. Un bâton de marche, un vrai. Il est basque et vient de Larressore. Je l'ai offert à mon père pour ses 50 ans. Je voulais faire graver son prénom sur le manche, mais il a tenu à faire rajouter celui de ton père. Afin qu'ils continuent à marcher ensemble, quoiqu'il arrive. C'est grâce à Khalil que le mien a pu vivre, et marcher libre. Il ne l'a jamais oublié, et je ne l'oublierai jamais de mon côté. Pas besoin d'être du même sang pour éprouver la fraternité, tu sais.

– Je sais pas quoi te dire.

– Alors ne dis rien. Et va là-bas. Sur le Caroux. Tu comprendras. Va mettre tes pas dans ceux de ton père…

Soudain cela me revient, le souvenir, le coup sans impact sur ma peau pire que tous les autres coups. Je comprends pourquoi mon père m'a dit un jour que je n'avais pas fait honneur à son nom. Et qu'il connaissait un fils qui, lui, avait su s'inscrire dans la trace du sien. Il s'agissait de Martin, qui d'autre ? Quant à moi, je m'étais échappé. Trop loin pour qu'il m'atteigne et me blesse encore. Je n'avais pas voulu comprendre, ni même savoir. Mon père, il n'a jamais compris que je devais me sauver.

46.

Je me suis éloigné lentement du village. À présent, Saint-Martin-de-l'Arçon s'estompe dans la brume. Le Caroux dessine une ombre tenace dans le brouillard.

Le bruit de mes pas sur le sentier, le souffle du vent, le parfum des plantes, la lande à perte de vue… La pente s'accentue, je marche sur un chemin aux pavés descellés, de plus en plus rares. Puis c'est un sentier étroit. La terre est dure. Les plantes s'espacent. Des roches granitiques, couvertes de mousse jaune et verte, apportent des marques de couleur au paysage austère. J'approche du sommet de la colline quand un faucon surgit d'un coup, porté par un souffle d'air ascendant, planant au-dessus de moi. Un second vient le rejoindre quelques secondes plus tard. Leurs cris résonnent dans le ciel pur. Les deux rapaces semblent m'accompagner. Leurs ailes déployées contre l'azur.

Les faucons tournoient un moment au-dessus de moi. Je gagne le sommet de la colline. Vacille un instant devant la beauté, la sauvagerie du paysage… Je m'attarde sur la ligne sombre des sommets au loin, le parfum du vent, la trajectoire des rapaces dans le ciel. Les assauts de la mémoire. Il est temps maintenant. Les faucons se rapprochent. Je peux discerner les plumes blanches sous le cou, le liseré précis au bout de leurs ailes, leurs yeux jaunes. Vol stationnaire. Sauvages et libres, parfaitement immobiles dans le ciel. Alors je rentre dans la maison de mon père.

C'est un cabanon minuscule. Une porte de fer rouillé seulement gardée par un cadenas. La serrure fonctionne encore, je suis soulagé de ne pas avoir à la fracturer. À l'intérieur, une odeur de renfermé, d'humidité en suspens depuis trop longtemps. L'atmosphère d'une cellule. Celle d'un *taleb*, d'un moine, d'un prisonnier ? Une dalle de ciment. Une table, une chaise, deux couvertures berbères soigneusement pliées sur un matelas jeté au sol. Un modeste coin cuisine a été aménagé, une planche de bois clair sur laquelle a été posé un miniréchaud à gaz. Sur l'étagère, une assiette, un couteau, une fourchette, une cuillère. Un verre ébréché. Et puis un *dallah*, deux *finjaan*, un pot de fer-blanc rempli d'arabica pourrissant… Je me sens submergé soudain. Je tiens à peine debout, m'accroche au rebord du réchaud et me laisse glisser sur la dalle de ciment gris. Je m'assieds dans un carré de lumière répandue au sol. Dans la poussière, dans la maison de mon père et les parfums de la pluie, je pleure comme un môme, un exilé. Un fils répudié.

*

J'ai fait un peu de rangement, balayé, secoué les couvertures et battu le matelas. Je suis allé au ruisseau remplir quelques seaux et puis j'ai nettoyé à grande eau. J'ai rangé mes provisions, posé les bougies sur la table. J'ai défait les présents de Karim. Un *dallah*, un *finjaan*… Et juste un mot sur une feuille quadrillée pliée en quatre : « *Nahda* ! » Le groupe électrogène est hors service et il faudra le réparer. Tout comme le réservoir d'eau ménagé à l'extérieur dans un vieux conteneur à la paroi percée par la corrosion. Je ne suis pas certain de ce qui m'anime. La quête des origines ? Ou bien celle du déracinement.

J'ai trouvé un lecteur de cassettes et un paquet de piles. Sur l'une des cassettes, à côté du nom de l'artiste, mon père avait écrit en français « Mon village ». La voix de Houria Aïchi s'élève comme une plainte entre les murs. Une voix qui ouvre en soi des gouffres, elle m'est insoutenable pour le moment. C'est comme une musique qui m'aurait manqué longtemps, celle du pays dont je ne viens pas. Comme si je n'avais jamais été mû que par le désir d'une chose disparue et qui n'a peut-être même jamais existé. D'une chose qui s'est perdue.

Je pense aux morts, aux blessés, aux mutilés, et à ceux que j'ai détruits de l'intérieur aussi, que j'ai privés de leurs rêves, de calme et d'espoir. Mes enfants et leur mère, ma propre mère que je n'appelle plus, je pense à Manu, à Zeïna, aux gamines dans la boue, la fange, au secours desquelles je ne me suis pas porté. Sandra.

Je pense bêtement à ce qui anime les hommes, à leurs frêles chimères, à ce besoin d'attaches et de liens, à l'élan inutile qui les porte toujours vers les autres, animés par le besoin irraisonné d'appartenir à quelque chose ou quelqu'un, une famille, une femme, une terre ou un temple. À une cause. Je songe à cette quête absurde qui les laisse démunis, comme estropiés, sans cette sécurité, sans certitude. Ce n'est pas « consentement », le mot de l'époque, car soumis nous consentons à tout, même sans le vouloir ni le désirer. Le mot de l'époque, c'est « sécession ».

Je n'ai pas de maison, nulle femme qui m'attende encore, aucun ami, pas un seul compagnon – et tout cela est juste. Reste un fantôme. Qu'il est temps d'abolir aussi. Comme on force au silence une part de soi. Atteindre enfin la pure solitude.

Le mal que l'on t'a fait, tu peux le pardonner. Mais le mal que tu as fait, qui pour le pardonner ? Alors j'éprouve ce moment d'extrême lucidité, de solitude, de brûlure. Désormais je ressemble à mon père. Mon exil, ma rage m'ont emporté trop loin. Je n'aime plus rien ni personne. Saurai-je maintenant trouver le chemin du retour ? Je suis comme lui. Et pareil à Jordan Certina, au fond.

Pour ma part, il aura fallu si longtemps avant que je m'attache au vivant. Entre l'absence et la violence. La rue et la nuit. Entre le néant et la mémoire. Je n'aurais aimé que la mort. La paix, je ne la trouverai pas. La pluie crépite plus fort sur les tuiles abîmées, pareille à de brèves rafales secouées par le vent. J'ai installé ma chaise sur le pas de la porte. Je laisse le paysage venir à moi et, avant que la batterie s'épuise tout à fait, j'écoute la voix de mon père une dernière fois :

Il n'y a rien de plus puissant, fils, rien de plus terrible, rien de plus cruel que les images de ton pays lorsque tu t'en es éloigné. Lorsque tu l'as trahi, et quitté. Je me souviens du 5 juillet 1962, tu sais. Connais-tu seulement cette date ?... La liesse, les cris de joie, les zaghrit *des femmes, je revois les foules ivres de bonheur dans la rue, venues de tout le pays, les drapeaux aux fenêtres, aux façades, qui flottaient comme une vague au-dessus des visages, des poings levés. Je revois, oui, mais je n'y étais pas, Marwane. Là-bas, chez moi, le peuple était dans les rues d'Alger et Oran baignait dans le sang, la violence parlait encore, les deux versants de la guerre, le même jour, la victoire, la terreur, et moi moi j'étais là, hébété, errant dans les rues de Paris. La France attendait le discours du général de Gaulle dans la soirée, et tout semblait suspendu sous le soleil. J'avais quitté le bidonville, comme si, sans un mot, sans un geste, j'en étais chassé. Cette joie ne pouvait être la mienne, je n'avais pas le droit de célébrer vraiment la liberté de mon pays, son indépendance, enfin. Pourtant, moi aussi je m'étais battu, moi aussi j'avais risqué ma vie, moi aussi j'y avais jeté toutes mes forces. Je croyais à l'avenir alors. À mon peuple. Rien n'était donné. Il fallait aller jusqu'au bout. Rien ne se fait sans*

bataille, dans aucune vie, fils, tu dois savoir ça. Mais j'avais baissé la garde, baissé les armes, et renoncé. Alors même si, sur les murs, l'Algérie libérée affirmait qu'il n'y avait qu'un seul héros : le peuple, je m'en sentais exclu. Indigne. Même si le peuple réclamait la gloire pour ses martyrs, tout cela n'était pas pour moi. Le soldat, le traître, le moudjahid, le déserteur. Cette guerre en moi, qui ne cesserait pas. Ni cessez-le-feu ni armistice de mon côté. La guerre, la fuite avaient fait de moi un champ de bataille. Jamais je ne serai libéré. Et pourtant... Je me souviens de la une de L'Ouvrier algérien en France *aux couleurs, ce jour-là, de mon drapeau et qui clamait : « L'Algérie redevient indépendante ». Je me rappelle ce bonheur si profond, si puissant qu'il me soulevait et me repoussait à la fois. Je serrais les poings au fond de mes poches. Je pleurais, j'avais honte. J'étais fier.*
Tant de vies dans mon existence, plusieurs hommes. Le soldat, le combattant, l'exilé, l'ouvrier, le garagiste et le chômeur. Et le père ? N'y avait-il pas de place en moi pour être père ?

D'un regard, j'embrasse les collines, les taches blanches des troupeaux de moutons essaimés, lavande rabougrie et cèdre nain, schiste et silex, le couple de faucons qui plane encore à la faveur des courants ascendants malgré l'hiver. Le souffle d'un cheval qui hennit au loin, une passée de canards – hampe détachée du ciel–, l'exhalaison de la terre.

Je reste immobile, happé par ce qui m'entoure. Ce que j'éprouve ? L'impression de rentrer dans ma propre peau, de me rejoindre, de le rejoindre, lui, mon père mourant dont la voix s'étiole, s'échappe d'un souvenir l'autre sans plus aucun ordre, nomade égaré :

… les anciens nous racontaient, fils… Ils disaient que les tentes, c'était merveilleux… Il y avait des lions, les derniers, et on disait : « Si jamais tu le rencontres, ne le regarde pas dans les yeux ! » Je me souviens, ils me parlaient des troupeaux de gazelles, des perdreaux, des lions… C'était il y a cent ans à peine. Les lions… Les familles vivaient dans les tentes… Tant qu'il y avait encore des lions… Nous étions des lions ! Nous changions sans cesse d'emplacement, voilà ce qu'ils disaient, les anciens, nous faisions des dizaines de kilomètres. Les hommes choisissaient des coins fantastiques, juste pour un paysage. La vie en communauté, le deuil et la joie, les choses avaient un sens alors, l'homme était lui-même, cette montagne nous parlait. Nous faisions partie des paysages, de la nature, nous sommes seuls à présent, et je ne reverrai pas mon village, ma montagne, et toi mon fils, Marwane, dis-moi, est-ce que je te reverrai ?

La pluie ne cesse pas, je sors marcher. Je prends avec moi le makila de Georges Bertrand. Sur la sente qui s'élève, les arbustes jettent des ombres désordonnées. Mon regard se perd au loin, le silence est empli de bruissements. Une présence s'étend des pierres jusqu'à la cime des arbres, et au-delà encore. Où prendre sa place dans ce va-et-vient entre les éléments, le temps qui passe, la présence des morts, la trace des absents que rien n'efface, que chaque nuit creuse encore ? Le vent se lève. L'espace d'un instant, le souffle dans les branches semble restituer un langage ancien que l'on aurait perdu en cours de route. Comme si l'on s'était coupé du monde, de la vie même. La voix de mon père, son écho :

> *... la vraie civilisation, c'étaient les tentes, tu sais, fils, c'est ce qu'ils disaient, les anciens, l'amasay qui les guidait, et j'ai perdu ma langue en chemin, quand j'ai dû quitter mon pays, le choc était si violent que j'ai perdu tamazight, ma langue. Tamazight, tamazight, tamazight... J'ai tout oublié, et je n'ai que des mots d'arabe pour te parler de notre pays, il faut me pardonner, Marwane, il faut me pardonner, j'ai perdu ma langue en chemin, j'ai perdu mon cœur. La vraie civilisation, c'étaient les tentes ! l'homme était lui-même, la montagne lui parlait, tu sais, nous faisions partie du paysage, de la nature...*

Maintenant, je vois mon père, il s'approche du piton assailli de ronces et d'épineux, le sentier se dérobe peu à peu, le soleil apparaît derrière un bloc de pierre. Il caresse les feuilles d'un arbuste, le tronc noueux d'un figuier. Il faut tracer sa propre voie pour gagner les hauteurs, rejoindre un chemin à peine dessiné, recouvert par la végétation, et qui, d'un coup, retrouve son empreinte entre le roc et la poussière. Il pose sa main sur les parois, éprouve le grain de chaque pierre, de chaque plaque verticale. Les fissures, les fractures, rochers éclatés sous le gel ou le soleil, battus par les vents, par la pluie. Capter les messages inaudibles, l'indicible d'une terre.

L'air vibre d'une façon particulière, le ciel vacille. Je vois la frontière couleur tilleul, la teinte tendre et métallique d'une feuille de chêne vert au cœur de l'Aurès. Au cœur du Caroux. Mon père y a gravé la marque sauvage dans sa mémoire.

Voilà, je le vois, je l'imagine qui s'engage entre les derniers cailloux, vers le sommet du piton. Le paysage s'écarte jusqu'à l'horizon, jusqu'aux montagnes. Les sommets crêpés de blanc, les neiges brûlantes sous le soleil de printemps. C'est ici qu'il a retrouvé son enfance, reconstitué son Algérie. Son intime pays d'avant la guerre, l'exil, les rêves en charpie.

Je suis saisi par l'austérité du paysage, les roches grisâtres, les pierres arrachées à la montagne. Et pourtant, nul ennui, mon regard est attiré par mille choses alors que la lumière du jour se répand contre le ciel, le long des ornières. Peu à peu, la montagne cesse d'être un amas de roches, elle se met en mouvement, livre sa vérité. Alors je comprends que je suis de ce paysage, de cette montagne. De ce massif immense qui va de l'Aurès jusqu'au Caroux.

J'ai la sensation de regagner, tout au fond de moi, ce territoire intime et mouvant, où le monde, la vie s'apaisent enfin, comme si le paysage épousait alors les contours de la plaie.

*

Le soir tombe, j'allume quelques bougies. Le bois craque dans le poêle. Je mange lentement. Je vais rester ici longtemps, remettre le cabanon en état, peu à peu. Au fil du temps, à force de travailler à la charpente, aux murs de pierres descellées, à la toiture crevée, je lui pardonnerai le mal qu'il m'a fait, la violence, ses poings serrés, les mots qui lacèrent de l'intérieur, rompent pour toujours la moindre estime de soi, le moindre équilibre, et toi, toi tu me pardonneras de ne pas avoir été le fils que tu attendais.

Du même auteur

Un feu dans la plaine, EquinoX, 2018.
L'Un des tiens, EquinoX, 2020.

Dans la même collection

EQUINOX

Racket, Dominique Manotti, mars 2018
Un feu dans la plaine, Thomas Sands, mars 2018
Ceci est mon corps, Patrick Michael Finn, avril 2018
Mamie Luger, Benoît Philippon, mai 2018
Requiem pour Miranda, Sylvain Kermici, septembre 2018
Présumée disparue, Susie Steiner, octobre 2018
L'éternité n'est pas pour nous, Patrick Delperdange, octobre 2018
Les Féroces, Jedidiah Ayres, novembre 2018
L'Étoile du Nord, D.B. John, janvier 2019
Mauvais œil, Marie Van Moere, janvier 2019
La Vague, Ingrid Astier, février 2019
Paradigma, Pia Petersen, février 2019
Cherry, Nico Walker, avril 2019
Ma douleur est sauvagerie, Pierric Guittaut, avril 2019
Le Triomphant, Clément Milian, mai 2019
Glory Hole, Frédéric Jaccaud, mai 2019
L'Icône, Thierry Marignac, septembre 2019
Personne inconnue, Susie Steiner, septembre 2019
La Meute, Thomas Bronnec, octobre 2019
Le Second Disciple, Kenan Görgün, novembre 2019
City of Windows, Robert Pobi, janvier 2020
C'est pour ton bien, Patrick Delperdange, février 2020
Donbass, Benoît Vitkine, février 2020
Joueuse, Benoît Philippon, mars 2020
Marseille 73, Dominique Manotti, juin 2020
The Cry, Helen Fitzgerald, juin 2020
L'Un des tiens, Thomas Sands, octobre 2020
Tu me manqueras demain, Heine Bakkeid, octobre 2020
Lëd, Caryl Férey, janvier 2021
Tous complices !, Benoit Marchisio, février 2021
Un dernier ballon pour la route, Benjamin Dierstein, mars 2021
Serial Bomber, Robert Pobi, avril 2021
L'Heure du loup, Pierric Guittaut, avril 2021
Rendez-vous au paradis, Heine Bakkeid, mai 2021
Pandémonium, Sylvain Kermici, août 2021
Green Man, David Klass, septembre 2021
Garde le silence, Susie Steiner, octobre 2021
Milliame Vendetta, Bernard Muñoz, octobre 2021

La Cour des mirages, Benjamin Dierstein, janvier 2022
(coéd. Nouveau Monde éditions)
Jolies Choses, Janelle Brown, janvier 2022
Les Loups, Benoît Vitkine, février 2022
La Fille du ninja, Tori Eldridge, février 2022
Le chat qui ne pouvait pas tourner, Anne Dhoquois, mars 2022
Mycélium, Fabrice Jambois, avril 2022
Petiote, Benoît Philippon, mai 2022
Plein Sud, Benoit Marchisio, mai 2022
Quartiers Sud, Bérengère de Montalier, juin 2022
La Vengeance des perroquets, Pia Petersen, août 2022

L'exemplaire que vous tenez entre les mains
a été rendu possible grâce au travail de toute une équipe.

Édition : Aurélien Masson
Couverture et conception graphique : Éric Pillault
Illustration de couverture : Yann Legendre
Logo EquinoX : Killoffer
Révision : Sarah Ahnou, Isabelle Paccalet et Anaïs Pournin
Mise en page : Soft Office
Photogravure : Point 11
Fabrication : Lucie Le Bon et Maude Sapin
Commercial et marketing : Pierre Bottura
Coordination : Jean-Baptiste Noailhat
Relations libraires et réseaux sociaux :
Laura Darmon et Damien Nassar
Presse et communication : Hind Boutaljante
avec Axelle Vergeade
Les Arènes du savoir : Pierre Bottura avec Marc Blactot,
Laura Darmon, Adèle Hybre, Guillaume Lollier
et Clémentine Malgras

Rue Jacob diffusion : Élise Lacaze (direction), Katia Berry (grand Sud-Est), François-Marie Bironneau (Nord et Est), Charlotte Jeunesse (Paris et région parisienne), Christelle Guilleminot (grand Sud-Ouest), Laure Sagot (grand Ouest), Diane Maretheu (coordination), Charlotte Knibiehly (ventes directes) et Camille Saunier (librairies spécialisées)

Distribution : Interforum

Droits France et juridique : Bertille Comar,
Geoffroy Fauchier-Magnan et Anne-Laure Stérin
Droits étrangers : Sophie Langlais
Accueil et librairie : Laurence Zarra et Lucie Martino
Envois aux journalistes et libraires : Vidal Ruiz Martinez
Comptabilité et droits d'auteur : Christelle Lemonnier,
Camille Breynaert et Christine Blaise
Services généraux : Isadora Monteiro Dos Reis

Les Arènes,
17-19, rue Visconti, 75006 Paris
Tél. : 01 42 17 47 80
arenes@arenes.fr
www.arenes.fr

IMPRIM'VERT®

PEFC™
10-31-2541

Certifié PEFC

Ce produit est issu de
forêts gérées
durablement et de
sources contrôlées

www.pefc-france.org

L'ensemble de cet ouvrage a été réalisé dans le respect
des règles environnementales en vigueur. Il a été imprimé
par un imprimeur certifié Imprim'vert, sur du Lac 2000 PEFC
pour l'intérieur et une carte Metsäboard PEFC pour la couverture.

Achevé d'imprimer sur les presses de l'imprimerie Normandie Roto s.a.s.
à Lonrai (Orne) en juin 2022.

ISSN : 2609-7966
ISBN : 979-10-375-0679-5
Numéro d'impression : 2202791
Dépôt légal : Août 2022